Ein Mann überfällt abends eine Autovermietung, doch als die einzige noch anwesende Angestellte den erhofften Schlüssel zum Tresor nicht hat, entführt er sie in eine alte, verfallende Mühle im Wald, in der es auch einen geheimen Luftschutzbunker gibt. Will er sie als Geisel nehmen? Oder einfach seine Macht über die Gefangene auskosten? Wovon wird er selbst getrieben? Ist es jemand aus ihrer Vergangenheit, die sich bald als weniger unschuldig erweist, als es zunächst schien?

Durch den Wechsel der Erzählperspektiven zwischen der Entführten und dem Entführer entspinnt sich in der Abgeschiedenheit des Waldes ein albtraumhaftes, grausames Spiel zwischen diesen beiden, in dem die Opfer- und Täterrolle, die des vermeintlich Guten und Bösen, abgründig hin- und herwechseln.

Andrea Maria Schenkel, geboren 1962, lebt in der Nähe von Regensburg. 2006 erschien ihr Debüt **Tannöd**, mit dem sie großes Aufsehen erregte. Der Roman wurde 2007 mit dem Deutschen Krimi-Preis, dem Friedrich-Glauser-Preis und der Corine ausgezeichnet. 2008 folgte der renommierte Martin Beck Award für den besten internationalen Kriminalroman. Das Buch wurde in bislang 20 Sprachen übersetzt und wird fürs Kino verfilmt. Auch für ihr zweites Buch **Kalteis** bekam sie begeisterte Kritiken und erhielt 2008 erneut den Deutschen Krimi-Preis.

»Andrea Maria Schenkel hat ein untrügliches Gefühl für Stimmungen und verleiht den vielen verschiedenen Personen intuitiv eine eigene Stimme. (...) Nach ›Kalteis‹ lässt sich nur bestätigen, was schon ›Tannöd‹ vermuten ließ: Andrea Maria Schenkel hat ihren Stil gefunden.« Katja Weise, NDR Kultur

Andrea Maria Schenkel

Bunker

Roman

Edition Nautilus

Edition Nautilus
Verlag Lutz Schulenburg
Schützenstraße 49 a
D - 22761 Hamburg
www.edition-nautilus.de
Alle Rechte vorbehalten
© Lutz Schulenburg 2008

Umschlaggestaltung:
Maja Bechert, Hamburg
www.majabechert.de

Autorenporträt Seite 2:
© Classic Foto Regensburg

Originalveröffentlichung
Erstausgabe Februar 2009

Druck und Bindung:
Fuldaer Verlagsanstalt

1. Auflage

ISBN 978-3-89401-586-2

Ich muss noch die Schlüssel holen. Sie sind im Schlafraum auf dem Bett. Rein in den Bunker. Verdammt, die Petroleumlampen sind leer gebrannt, dabei hatte ich doch zwei für jeden Raum. Komisch, ich dachte, die Dinger halten länger. Eine Verschwendung! Sechs Lampen in drei Räumen. Alle aus! Das kann doch nicht wahr sein! Ich habe noch eine Taschenlampe im Auto. Vorn im Handschuhfach müsste die liegen, hab aber keine Lust, sie zu holen. Wenn ich die Tür weit offen lasse, müsste das Licht vom Treppenflur ausreichen, bis hinten in den letzten Raum.

Hier vorne ist es noch hell genug. Die Zwischentür ganz weit offen lassen! Im zweiten Zimmer ist es schon dunkel. Die Armaturen der kleinen Küchenzeile spiegeln das einfallende Licht kaum. Im dritten Raum ist es stockfinster. Ich stoße mit den Füßen gegen den Plastiksack, muss mich an der Bettkante entlangtasten. Warum sind die blöden Lampen bloß schon ausgegangen, ich hab sie doch gefüllt, oder hab ich das vergessen? Bringt jetzt auch nichts. Ich brauch die verdammten Schlüssel. Wo liegen die? Auf dem Bett. Ich taste das Kopfkissen ab, hier auf dem Kissen, nichts. Das Betttuch darunter, auch nichts! Okay, bleib ruhig. Die Schlüssel müssen hier sein! Bleib ruhig! Die Steppdecke von oben bis zum Fußteil, nichts. Die Scheißteile müssen hier sein. Ich habe sie doch deutlich gesehen! Hab sie mit dem anderen Kram aus dem Sakko auf das Bett geworfen. Jetzt reicht's, ich reiß einfach die ganze Bettdecke herunter. Vielleicht fallen die Schlüssel dann auf den Boden. Nichts! Scheiße, Scheiße, Scheiße! Ich durchwühle alles noch mal – nichts!

Wo sind diese blöden Dinger? Bleib ruhig. Nachdenken, nachdenken. Klar, ich hab sie unters Bett gestoßen. Kriech runter! Pfui Teufel, überall Staub und Dreck. Und diese krümeligen Haufen. Was sind das für Haufen? Mäusedreck, kann nur Mäusescheiße sein. Hier wimmelt es bestimmt von diesen kleinen Mistviechern. Es stinkt hier auch so nach Mäusepisse, und ich lieg auf dem Bauch in dem ganzen Dreck und taste mit den Händen in der Dunkelheit nach diesen verdammten Schlüsseln. Ich schiebe mich so weit es geht unter das Bett, mit den Fingerspitzen kann ich schon die Wand berühren, kalt und schmierig. Kein Wunder, die ganze Wand schimmelt, alles ist feucht und kalt hier unten. Staub, Dreck, Mäusepisse und Schimmel. Das bringt so überhaupt nichts, ich muss raus und die Taschenlampe holen, sonst geht gar nichts, absolut gar nichts. Ich schiebe mich langsam wieder unter dem Bett hervor.

Was ist das für ein Geräusch? Ist da einer an der Tür? Quatsch, wer sollte das sein. Der Fettsack ist tot. Aber einer macht sich an der Tür zu schaffen. Nein, nein! Verdammt, da ist einer. Sie kann es nicht sein! Wer ist da! Scheiße, Scheiße! Alles geht schief! Wer kann das sein? Jetzt bloß kein Quietschen der Tür, bitte kein Quietschen!

Ich stoße mich von der Wand ab, robbe unter dem Bett hervor. Das dauert viel zu lange. Ich schaff's noch, schaff's noch zur Tür. Lauf, lauf! Auf allen Vieren krabble ich los, versuche im Krabbeln aufzustehen, zur Tür! Durch den zweiten Raum durch. Ich kann die Tür sehen! Die Bunkertür schließt sich langsam, ganz langsam. Quietschend.

Dunkelheit. Ich strauchle, stürze zu Boden. Mein Gesicht schlägt auf den Betonboden, hart, kalt und klamm fühlt er sich an. Meine Handflächen brennen vom Sturz, ich versuche mich abzustützen, hebe meinen Kopf, Richtung Tür. Die ist zu. Alles schwarz um mich herum, nur ein schmaler Lichtstreifen unter der Bunkertür. Ich robbe nach vorne auf den Lichtstreifen zu. Ich höre meinen Atem, ziehe die Luft durch den geöffneten Mund ein, laut. Ich atme schnell, mein Brustkorb hebt und senkt sich bei jedem Atemzug. Ich lege mich flach vor den Lichtstreifen auf den Boden. Versuche mit meinem Gesicht ganz nahe heranzurücken. Ich spüre die kalte Zugluft, die durch den Spalt in den Bunker strömt. Vielleicht kann ich durch ihn nach draußen sehen? Ich muss mich noch stärker mit dem Gesicht an den Boden pressen. Ganz nahe an den Spalt heran, ganz nahe. Der Schatten zweier Füße. Der Schatten verschwindet.

Ich höre einen dumpfen Schlag, die hölzerne Falltür ist zugefallen, der Lichtspalt ist weg. Völlige Dunkelheit. Alles ist schwarz, alles! Überall Finsternis.

Ich liege noch immer vor der Tür. Die rechte Hälfte meines Gesichts auf dem kalten Betonboden, Mund und Nase fest an den Spalt unter der Metalltür gepresst. Wie ein Fisch auf dem Trockenen, schnappe panisch nach Luft.

Ich liege da. Eigentlich müsste ich aufspringen, schreien, wie wild gegen die Tür schlagen. Doch ich liege da, erschöpft, leer. Verliere in der Dunkelheit jedes Gefühl für Zeit. Spüre, wie die Kälte des Bodens langsam in meinen Körper dringt, wie ich auskühle. Mir ist, als falle ich in ein tiefes Loch. Ich sauge die Luft ein, und mit jedem Atemzug zieht es mich tiefer hinab. Ich schließe die Augen, oder habe ich sie geöffnet? Es spielt keine Rolle, die Finsternis ist dieselbe. Ich liege da, fühle mich leer, furchtbar leer.

Der Raum ist in rotes Licht gehüllt. Ich kann nicht erkennen, woher das Licht kommt, sehe mir selbst dabei zu, wie ich aufstehe, mich langsam umsehe. Ich bin nicht alleine, ich höre Schritte. Ich gehe durch dieses Meer aus rotem Licht, folge den Schritten in den mittleren Raum. Da sehe ich ihn, ein großer, kräftiger Mann. Die Haare ganz kurz rasiert, Jeans und Army-Jacke. Er geht durch den Raum bis ins hinterste Zimmer des Bunkers. Vor der hinteren Wand bleibt er stehen, dreht sich zu mir um. Ich sehe sein Gesicht, die markante Sattelnase, hervortretende Wangenknochen, tief in den Höhlen liegende Augen. Die Lider etwas hängend, die Augen strahlen Selbstsicherheit und Bestimmtheit aus. Er stößt sich mit einem Bein von der Wand ab, läuft auf die verschlossene Stahltür zu, dreht ihr seine rechte Schulter zu, rammt sie. Mit ohrenbetäubendem Lärm springt die Tür auf, grelles weißes Licht blendet mich, schmerzt in meinen Augen. Ich reiße die Hände hoch, halte sie schützend vor mein Gesicht. Er muss über mich hinweggesprungen sein. Ich nehme meine Hände herab, öffne vorsichtig die Augen.

Der Raum ist stockdunkel, die Bunkertür geschlossen, ich liege immer noch vor der Tür auf dem kalten Boden, bin in diesem Kellerloch gefangen.

Verdammt, ich fange an verrückt zu werden. Meine rechte Körperhälfte schmerzt vom Liegen auf dem Betonboden. Ich friere, ich muss hier raus! Raus!

Freitagnachmittag, Feierabendverkehr, ein Auto hinter dem anderen, Stoßstange an Stoßstange, die ganze Straße entlang. Die Luft stickig durch die Abgase der Fahrzeuge. Sie schmeckt abgestanden bei jedem Atemzug. Straßenlärm, Hupen, dazwischen ungeduldige, genervte Fußgänger, jeder will nach Hause. Eine Frau läuft zwischen den stehenden Autos hindurch, quer über die Straße. Radfahrer schlängeln sich durch die Reihen. Fahren rechts und links an den Autos vorbei, wo immer sich eine Lücke findet. Drängeln sich zur Ampel vor. Einer, der es gar nicht abwarten kann, fährt mit seinem Fahrrad über den Gehweg. Zwängt sich zwischen den Fußgängern hindurch. Dabei fährt er einen fast um. Der springt gerade noch zur Seite, ruft dem Radfahrer schimpfend hinterher. Der Fahrradfahrer fährt weiter, kümmert sich nicht um den Fußgänger. Ich stehe auf dem Gehweg und schaue zu. Beide Straßenränder sind zugeparkt. In zweiter Reihe abgestellte Fahrzeuge behindern den Verkehr zusätzlich. Ich sehe hinüber zum Parkplatz der Autovermietung. Lauter ältere Modelle, alle gewaschen und poliert. Das Gebäude hinter dem Fuhrpark ein Betonbau mit großen Fenstern ohne sichtbaren Rahmen, eingelassen in Betonplatten mit dunklen Fugen. Durch das getönte Glas der Fenster kann ich nicht in das Gebäude hineinsehen. Ein Kunde betritt das Geschäft. Die Glastür an der Frontseite öffnet sich automatisch. Durch die offene Tür sehe ich für einen Moment ins Innere. Hinter dem Empfangstresen aus dunklem Holz steht sie.

Sie ist mit dem Sortieren eines Stapels Papier beschäftigt. Niemand sonst im Raum. Die Tür schließt sich, öffnet sich wenig später wieder. Sie begleitet den Kunden nach draußen, gibt ihm die Autoschlüssel. Ich sehe den roten Anhänger der Schlüssel, ein kurzer Wortwechsel, Hände schütteln, der Mann steigt in einen grauen BMW.

Sie winkt ihn aus der Parklücke, lächelt kurz, nickt und geht zurück in das Gebäude.

Ich überquere die Fahrbahn, schlängele mich mit den anderen Fußgängern durch die Reihe der stehenden Autos hindurch. Ich gehe über den Parkplatz. Der Weg ist mit Waschbetonsteinen gepflastert.

Die automatische Glastür öffnet sich. Ich gehe hinein. Sie ist wieder mit ihren Geschäftspapieren beschäftigt. Sie hebt nicht einmal den Kopf. Grüßt nicht. Ordnet weiter ihre Unterlagen, als wäre sie noch immer alleine im Raum.

Ich bleibe vor dem Tresen stehen. Warte, lasse sie dabei nicht aus den Augen.

»Wir schließen in zwei Minuten!«

»Ich weiß.«

Sie kniet vor mir, ihre Hände sind mit einem Stück Wäscheleine um die Handgelenke auf dem Rücken gefesselt. Ihr Rücken ist gekrümmt, so dass die Schultern überhängen. Der Kopf ist nach vorne geneigt, die halblangen dunklen Haare hängen ihr fransig ins Gesicht. Ich höre ihren Atem, höre sie ein- und ausatmen. Sie holt Luft, stößt sie mit einem leisen zischenden Geräusch zwischen den aufeinandergepressten Lippen wieder aus. Kniend reicht sie mir knapp bis zum Gürtel. Ich gehe einen Schritt zurück. Ihre Brüste heben und senken sich mit jedem Atemzug. Sie hat Angst, ich kann sie spüren, die Angst. Ein kleiner glänzender Schweißtropfen rinnt über ihre Brust. Ich sehe dem Tropfen zu, wie er langsam über die nackte Haut läuft und im Ausschnitt verschwindet.

Mit meiner linken Hand greife ich in ihr Haar, packe fest zu, ziehe ihren Kopf mit einem Ruck nach hinten. Sie schreit kurz auf. Verdammt, sie soll mir ins Gesicht sehen. Ihr Blick weicht mir aus. Sie richtet die Augen starr nach unten. Die Stirn ist nass vom Schweiß, die Schminke um die Augen verschmiert, ihre Wimperntusche läuft in Schlieren über die Wangen. Die Konturen ihres Gesichts verwischen durch die zerlaufende Schminke. Sie wimmert, schnieft, zieht die Luft laut durch die Nase ein.

Mit der linken Hand ziehe ich den Kopf weiter nach hinten. Meine rechte umgreift ihr Kinn, drückt es zusammen.

»Wo ist der Schlüssel? Sag mir, wo ist der Schlüssel?«

Wieder zieht sie Rotz durch die Nase hoch. Mit der Hand, die eben noch ihr Kinn zusammendrückte, hole ich aus und schlage ihr ins Gesicht. Sie stöhnt. Obwohl ich den Kopf noch immer an den Haaren festhalte, fliegt er ein Stück zur Seite. Die Ränder eines Nasenlochs färben sich rot, eine dünne Blutspur zieht von der Nase übers Kinn. Sie heult leise.

»Den Schlüssel, sofort!«

Meine linke Hand rüttelt den Kopf vor und zurück. Blutströpfchen verteilen sich fächerförmig auf meinem Hemd. Ekel steigt in mir hoch. Und Wut. Warum sagt sie nichts? Warum heult sie nur vor sich hin?

Ich balle meine Hand zur Faust und schlage noch mal in ihr Gesicht. Wieder fliegt ihr Kopf zur Seite. Um gleich darauf mit zusammengepressten Augen und gespitztem Mund nach vorne zu fallen. Sie bleibt kurz auf der Schulter liegen, rutscht dann langsam wieder zur Mitte. Ich sehe in ihr Gesicht, mit Kussmund und Schlitzaugen sieht sie einfach lächerlich aus.

»Den Schlüssel, sonst…«

Ich knie vor ihm, die Hände auf dem Rücken gefesselt. Er tippelt nervös vor mir herum, dabei wippt er mit dem Oberkörper vor und zurück. Ich versuche ihn nicht anzusehen, halte meinen Blick starr auf seine Schuhe gerichtet. Turnschuhe. Er versucht cool zu sein, dieses Arschloch. Den Typen bloß nicht anschauen, schau auf seine Schuhe, schau ihm nicht in die Augen. Nicht ins Gesicht. Immer nur auf die Schuhe. Die Schuhe.

Er zieht mit einer Hand meinen Kopf an den Haaren weit nach hinten. Holt aus. Ich spüre einen tiefen, durchdringenden Schmerz, mein Schädel scheint zu platzen. Er hat mir ins Gesicht geschlagen, dieses Schwein. Mein ganzer Körper tut mir weh! Der Kopf, die Schultern, die Hände, die Knie. Dieses Schwein, dieses verdammte dreckige Schwein! Den Schlüssel, sonst … den Schlüssel … Ich hab den Schlüssel nicht!

Er holt erneut aus, schlägt mir wieder ins Gesicht. Vor meinen Augen grelle Lichtblitze. Mein linkes Auge pocht. Ich halte es kaum aus. Das Stechen einer langen spitzen Nadel durch meinen Schädel. Tiefer mit jedem Herzschlag, tiefer und tiefer. Ich versuche die Augen zu öffnen. Mach die Augen auf! Mensch, mach die Augen auf! Es geht nicht! Ich kann die Augen nicht öffnen. Der Schmerz! Mach die Augen auf! Reiß dich zusammen, mach sie auf! Das Licht hell, unglaublich grell. Ich kann die Augen nicht offen halten. Kann nicht! Ich versuche es wieder. Das linke Auge bleibt zu, das rechte lässt sich einen Spalt öffnen. Alles verschwommen. Die Hand in meinem Haar zieht meinen Kopf mit einem Ruck nach hinten in den Nacken. Wieder Schmerzen, mein Kopf platzt.

Der Schlüssel … der Schlüssel … Ich habe das Gefühl, der Boden gibt unter mir nach. Hitze steigt in mir hoch über den Rücken, den Nacken, umgreift meinen Kopf von hinten, schlägt wie eine Welle über der Stirn zusammen. Ich sacke langsam in mich zusammen, lasse mich fallen … einfach fallen …

Ich falle durch eine unendliche schwarze Leere. Plötzlich ein Schimmer, mir ist, als werde ich von diesem Licht angezogen, als schwimme ich durch die Leere dem Licht entgegen. Die Helligkeit verdrängt das Dunkel, ich bin in einem Raum. Der Raum ist mir vertraut, ich war bereits hier, unzählige Male war ich hier. Weiß nicht wann. Weiß nicht warum. Ich drehe mich um mich selbst, drehe mich um meine eigene Achse. Sehe den Raum durch meine Augen und sehe mir im gleichen Augenblick dabei zu, wie ich mich drehe und umblicke. Wie aus dem Nichts steht der Junge vor mir, mager und klein. Ich gehe auf ihn zu, ich erkenne ihn nicht, und doch ist er mir irgendwie bekannt, wie der Raum, in dem ich mich befinde. Das Gesicht des Jungen wandelt sich, es wird mir vertrauter mit jedem Schritt, mit dem ich mich auf ihn zu bewege. Joachim? Joachim, es ist Joachim, es muss Joachim sein! Meine Unsicherheit wandelt sich in Bestimmtheit. Daneben ein Mädchen, vielleicht dreizehn Jahre alt, dunkelblond, Zopf. Näher ran, noch näher. Woher kommt das Mädchen so plötzlich? Sie steht im Raum neben mir, nein, nicht neben mir … ich bin in ihr. Ich bin das Mädchen. Ich bin das Mädchen, bin wieder ein Kind. Die Bilder fließen ineinander, eines ergibt sich aus dem anderen. Der Junge, Joachim, wendet sich mir zu. Ich verstehe ihn nicht. Er plappert vor sich hin, viel zu schnell. Ich kann ihn nicht verstehen, es ergibt keinen Sinn. Langsam bildet sich ein Wort.

Ich fange an zu verstehen. »Sparschwein«. Ich blicke zu Boden. Der Boden ist übersät mit tönernen Scherben. Zwischen den Scherben Münzen. Pfennige, Zehnpfennigstücke. Joachim beugt sich hinab, kniet vor mir. Er trägt kurze Hosen, kniet mit nackten Beinen auf den Scherben, die bloßen Knie blutig. Er blickt nach unten auf die Münzen. Meine Hand greift in sein weiches Haar, schüttelt seinen Kopf, zieht seinen Kopf zu mir hoch, das Gesicht nass von Tränen, Rotz läuft aus seiner Nase. »Du kleiner Dieb, du Miststück.« Ich spüre die Wut in mir, spüre eine unglaubliche Wut in mir. Meine freie Hand schlägt wie wild auf seinen kleinen Kopf ein, hört nicht mehr auf. Er blutet, ich schlage weiter, schlage, schlage … bis sein Kopf, sein Körper nun schlaff an meiner Hand hängt. Gleichgültig sehe ich mir selbst dabei zu, wie ich ihn loslasse. Sein Körper sackt zusammen, liegt nun reglos am Boden, auf den Scherben. Blut sickert langsam als dünner roter Faden aus dem Ohr. Neugierig strecke ich die Hand aus, berühre das Rinnsal. Sehe es auf meiner Fingerkuppe glänzen. Ich beuge mich hinab, spüre, wie meine Lippen seine Wangen berühren, küsse sein blutig verschmiertes Haar. Noch während meine Lippen ihn berühren, möchte ich, dass er verschwinden soll. Sein Körper muss weg! Er soll fort! Ich hole die Schubkarre, versuche den Körper auf die Karre zu hieven. Obwohl er so klein und mager ist, ist der Körper unglaublich schwer. Kaum habe ich es geschafft und er liegt oben, rutscht er auf der anderen Seite wieder von der Karre.

»Hallo, Monika, willst du mich eine Runde spazieren fahren?« Ich stutze, drehe mich um. Ich stehe auf einer Wiese, bin nicht mehr in einem geschlossenen Raum. Joachim steht dort an eine Weide gelehnt. Joachim, der eben noch wie tot auf dem Boden lag. Er hält eine Hand an sein Ohr und grinst.

Das Bild verwischt, ich wache aus dem Traum auf, gleite hinüber in die Wirklichkeit. Ich versuche meine Augen zu öffnen. Das klappt nur mit dem rechten und auch mit dem nicht richtig. Ich blinzele, das Licht ist grell, gleißend. Ich schließe das Auge wieder. Versuche es noch einmal. Dieses Mal kann ich es schon etwas länger offen halten, ich habe mich an die Helligkeit gewöhnt. Wo bin ich? Bin ich allein? Ich spüre die Hand in meinem Haar nicht mehr. Ich liege auf der Seite, die Hände noch immer auf dem Rücken gefesselt. Mein Mantel über mir. Auf dem Teppichboden mit dem Rücken zur Wand, im Flur zwischen Bürotür und Personaltoilette. Wie liegt der Mantel, wo sind die Manteltaschen? Die Taschen sind innen. Er hat den Mantel mit dem Innenfutter nach außen über mich gelegt. Ich versuche mit meinen Fingern den Stoff zu erwischen. Taste mich, so weit dies mit gefesselten Händen auf dem Rücken geht, vor. Die Arme schmerzen, die Hände fühlen sich an, als ob sie eingeschlafen wären. Ich muss die Finger eine Zeit lang bewegen, »aufwecken«, ehe sie mir wieder gehorchen. Irgendwie schaffe ich es, den Stoff zwischen meine Finger zu klemmen. Ich fühle den Rand der Manteltasche. Ertaste den umgeschlagenen Rand des Stoffes. Ziehe ihn an mich heran. Zentimeter für Zentimeter. Der Stoff rutscht mir wieder durch die Finger. Scheiße! Ich versuche es wieder. Einmal, zweimal. In der Tasche ist das Taschenmesser. Ich schaffe es, mit den Fingern in die Tasche zu fassen. Spüre den kalten metallenen Gegenstand. Ich muss das Messer aus der Tasche herausschütteln. Irgendwie muss ich das verdammte Messer aus der Tasche herausschütteln. Ich habe keine Ahnung, wie ich das schaffen soll, aber ich probiere es. Immer wieder, immer wieder. Bis ich es schaffe, das Messer zwischen Zeige- und Mittelfinger einzuklemmen. Ziehe es langsam aus der Tasche heraus. An der Stoffkante der Manteltasche bleibe ich hängen, presse Zeige- und Mittelfinger fester um die Griffschale des Messers. Durch den Druck rutscht es mir wieder aus den Fingern, gleitet zurück in die Manteltasche. Verdammte Scheiße!

Ich höre Geräusche, Schritte, näher, ganz nah. Ich schließe meine Augen, stelle mich schlafend. Er steht direkt vor mir. Ich brauche die Augen nicht aufzumachen, ich weiß, dass er vor mir steht. Ein Schuh bohrt sich unter mein Gesicht, dreht meinen Kopf mit einem Ruck aus der Seitenlage nach oben. Mein Herz pocht. Mein Atem bleibt ruhig. Ich öffne langsam mein rechtes Auge. Ich versuche ihn anzusehen. Die Beleuchtung kommt von hinten, so sehe ich nur seine Umrisse. Sein Körper wirkt massig. Er hat sehr kurzes Haar. Hab ich ihn schon mal gesehen? Kommt er mir bekannt vor? Ein Kunde? Verdammt, ich komme nicht darauf.

»Den Schlüssel!«

Einsatzwagen der Feuerwehr und Polizei, laufende Motoren, Blaulicht, Lärm, der schmale Waldweg ist durch die Fahrzeuge zugeparkt. Ein Fahrzeug steht hinter dem anderen, kein Durchkommen.

Der Wald ist in unruhiges Licht gehüllt.

Vor der Mühle lärmend der Kompressor, dicke Kabel führen hinüber zum Haus. Vor der metallenen Eingangstür wurden zwei große Scheinwerfer aufgebaut. Sie beleuchten den Eingang zur Mühle. Unnatürliches grelles Licht, die ganze Szenerie ist unwirklich, wie auf einer Theaterbühne. Hell erleuchtet auch der Platz vor dem Gebäude. Die alte Holztür über dem dunkel glänzenden Morast, die Büsche entlang des Weges werfen harte Schatten.

In aller Frühe bin ich aufgestanden, habe meine Sachen zusammengepackt und bin losgefahren. Außer mir ist noch niemand unterwegs. Im Autoradio berichtet der Nachrichtensprecher von Randale und Schlägereien zwischen Neonazis und der Polizei vor einem Ausländerwohnheim in Hoyerswerda. Ich schalte das Gerät aus.

Über dem Wald hängt Nebel. Es ist früher Morgen, die Nebelschwaden beginnen sich aufzulösen, reißen auseinander, bis sie schließlich ganz verschwinden. Der Boden ist noch feucht vom Tau. Die Luft riecht erdig, nass. Ich mag diesen Geruch. Ich habe das Fenster ein Stück heruntergekurbelt, spüre den Fahrtwind, rieche den Wald.

Die Kiefern stehen bis dicht an den Straßenrand gedrängt. Die Straße teilt den Wald, schneidet ihn auseinander. Der Asphalt ist an vielen Stellen noch nass, die Straße ist dunkel, fast schwarz.

Kurz vor der starken Rechtskurve nehme ich den Fuß vom Gas und biege mit reduzierter Geschwindigkeit nach links in den Feldweg ab. Die Stelle ist nur schwer zu finden. Ich fahre weiter den unbefestigten Weg entlang. Verringere die Geschwindigkeit noch mal. Fahre nun fast Schritttempo weiter über Schotter, weiche den Schlaglöchern aus, die der letzte Regen ausgespült hat. Der Weg wird immer enger, die Fahrbahn holpriger. Tiefe Rillen haben sich in den Boden gegraben, der Weg hebt sich zur Mitte hin an. Ich umfahre große Steine, um nicht mit dem Auto aufzusetzen. Je weiter der Weg in den Wald führt, umso stärker wachsen Gestrüpp und Büsche in die Fahrrinne. Die Zweige streifen am Fahrzeug entlang. Ich lasse den Wagen nur noch ganz langsam vorwärtsrollen. Vor der großen Fichtenwurzel bleibe ich stehen. Der Weg ist jetzt für einen Pkw ganz und gar unpassierbar.

Ich stelle den Motor ab, steige aus dem Auto und gehe zur Heckklappe. Der verdammte Kofferraum lässt sich wieder nicht öffnen. Durch die Erschütterungen auf der unbefestigten Straße hat sich das alte Chassis verkantet. Ich schlage mit der flachen Hand dagegen. Es bringt nichts. Ich brauche ein Werkzeug, um das Schloss aufzuhebeln. Im Wagen liegt ein Schraubenzieher, ich hole ihn aus dem Handschuhfach. Ich drücke den Schraubenzieher unter das Heckschloss des Kofferraumdeckels. Das Schloss springt auf.

Aus dem geöffneten Kofferraum nehme ich die Plastiktüten und meinen Rucksack. In jeder Hand eine Tasche und den Rucksack auf dem Rücken, stapfe ich den fast zugewachsenen Waldweg entlang. Die Dornen der Brombeerbüsche haken sich an meinen Hosenbeinen fest. Ich achte nicht darauf, reiße mich im Weitergehen los, versuche ihnen auszuweichen. Ich gehe den leicht abschüssigen Weg hinunter zum Teich. Der Weg ist glitschig durch das Laub und die bemoosten Steine. Der Teich wurde vor langer Zeit künstlich angelegt, als Fischweiher, gespeist durch das umgeleitete und gestaute Wasser des kleinen Baches. Über die Jahre ist der Zufluss über einen hölzernen Überlauf verrottet, der Teich ist umgeschlagen in eine sumpfig brackige Masse. Er füllt sich nur manchmal nach langen und ausgiebigen Regenfällen. In ganz heißen Sommern stinkt er erbärmlich. Dann wird die Masse zuerst matt und ledern und bricht dann in breiten Rissen schuppig und stinkend auf.

Ich folge dem Weg weiter am Ufer entlang hinüber zur alten Mühle. Das Mühlrad steckt im Schlamm des ehemaligen Zulaufs fest, umwachsen von Schilf. Von den hölzernen Spanten hängen nur noch wenige im Metallrahmen. Das Haus selbst ist noch gut in Schuss. Bis auf das Dach. Jedes Unwetter setzt ihm mehr zu, bald wird es ein Sturm abdecken. Ich müsste es reparieren.

Irgendwann wurde die alte hölzerne Eingangstür

durch eine aus Eisen ersetzt. Die alte Tür liegt vor dem Eingang im Schlamm, überbrückt ein morastiges Stück Boden. Ich hebe die eiserne Tür zum Öffnen etwas an, stemme mich mit meinem ganzen Gewicht dagegen. Die Scharniere sind verrostet, sie lässt sich nur schwer öffnen. Der Raum dahinter ist dunkel, die Luft modrig, schwer durch die Feuchtigkeit. Keine Elektrizität, im Haus nur Petroleumlampen. Ich stelle die Taschen auf den Boden und nehme den Rucksack ab. Mit meinem Feuerzeug zünde ich die Lampen an. Ich schließe die Tür.

Er hat mir mit einem Tuch die Augen verbunden, ehe er mich ins Auto gestoßen hat. Ich liege da, mit auf dem Rücken gefesselten Händen. Die Spitzen meiner Schuhe berühren ganz leicht den Fahrzeugboden. Bei der Fahrt über die holprigen Wege ist die Augenbinde verrutscht. Ich kann durch den schmalen Schlitz die Rückenlehne eines Autositzes sehen. Die Fahrt kommt mir endlos lange vor. Doch dann hält der Wagen an, die Autotür wird aufgerissen.

»Aufstehen, los!«

Der Kerl packt mich an den Beinen, an den Armen. Versucht mich aus dem Auto zu ziehen. Ich habe Angst, was will er von mir? Ich kann nicht schnell genug aus dem Auto aussteigen. Er zerrt mich an den Haaren. Die Hände auf dem Rücken, meine Beine eingeschlafen. Das ist dem Scheißkerl völlig egal. Er zerrt weiter an mir. Ich stolpere beim Aussteigen, finde keinen Halt, versuche die Hände nach vorne zu ziehen, ich kann nicht. Ich schreie laut auf. Falle nach vorne über, ohne mich abstützen zu können, direkt auf mein Gesicht. Im Fallen drehe ich mich zur Seite. Laub, Tannennadeln, Erde in meinem

Mund, in meiner Nase. Ich huste, spucke aus, bleibe einfach liegen. Alles tut mir weh, die Fessel um meine Hände hat sich noch stärker ins Fleisch geschnitten, mein Kopf tut so weh.

»Steh auf!«

Der Kerl brüllt mich an. Warum kapiert der nicht, dass ich mit gefesselten Händen nicht hochkomme? Ich will nicht mehr, will nicht aufstehen. Möchte einfach hier auf dem Waldboden liegen bleiben. Der Boden riecht angenehm, nach Pilzen, nach Erde, nach Moos. Mit einem Mal bin ich ruhig. Ich habe keine Angst mehr. Soll er doch machen, was er will! Ich bleibe hier auf dem Boden liegen. Wenn er mich umbringen will, soll er es doch gleich hier machen. Ich werde liegen bleiben, mich nicht mehr bewegen. Der Gedanke, mein Leben könnte hier und jetzt ein Ende haben, hat etwas Friedvolles. Ich spüre ein merkwürdiges Verlangen danach: hierbleiben bis in alle Ewigkeit.

Seine Hand zerrt an meiner Schulter. Er packt mich, zieht mich hoch. Warum kann er mich nicht einfach in Ruhe lassen? Ich finde kniend Halt, er stößt mich in die Seite, bis ich stehe, schubst mich nach hinten zum Wagen.

»Oder nein, setz dich hin! Warte!«

Ich versuche mich hinzusetzen, rutsche mit dem Rücken langsam an der Autotür zu Boden. Bleibe auf dem Waldboden hocken. Ich höre gedämpfte Schritte. Die Autotüren werden geöffnet, geschlossen. Wieder dumpfe Schritte, leises Knacken dürrer Zweige. Dann Stille. Es geschieht nichts. Ich warte. Warum soll ich hier warten? Warum geschieht nichts? Um mich herum nur leises Summen von Insekten, vielstimmiges Vogelgezwitscher. Ich sitze da, atme, werde ruhiger, nichts passiert.

Bin ich alleine? Mit dem Kopf wetze ich gegen das Auto, schiebe die Augenbinde weiter nach oben. Die Binde löst sich, fällt herunter. Ich öffne die Augen, so weit das mit einem lädierten Auge geht, sehe die gezackten Baumwipfel, die sich leicht hin und her bewegen, dazwischen Lichtstrahlen der untergehenden Sonne. Sitze da, an das Auto gelehnt, es ist warm, mein Körper entspannt sich. Von dem Kerl ist nichts zu sehen, ich bin allein.

Wie durch ein Wunder halte ich das kleine Taschenmesser noch immer in meiner Hand. Ich habe es bei meinem Sturz nicht fallen lassen, hielt es fest in meiner Faust. Die ganze Fahrt über hatte ich versucht, es zu öffnen. Es ist mir nicht gelungen. Jetzt sitze ich hier mit dem Rücken zum Wagen und versuche es wieder. Und jetzt klappt es, ich kann das Messer öffnen. Ein kleines Stück, noch ein kleines Stück. Es springt mir aus der Hand, fällt zu Boden. Verdammter Mist! Ich suche den Boden mit den Fingern ab. Ich kann es nicht finden, ertaste eine zerquetschte Konservendose. Mit den Fesseln reibe ich gegen den scharfen Rand des Deckels. Rutsche ab, zerkratze mir die Handgelenke, aber das ist jetzt egal. Verzweifelt ziehe ich an den Fesseln, zerre daran. Bis die Leine reißt und meine Hände frei sind. Ich schüttle sie aus, reibe meine schmerzenden Gelenke. Alles um mich herum bleibt ruhig. Vorsichtig sehe ich mich um. Wald, Waldweg, das Auto.

Ich stehe langsam auf. Ich bin allein. Ich bin frei. Ich kann weg. Ich umrunde das Auto, auf jeden Schritt achtend. Vielleicht steckt der Schlüssel? Ich drücke den Riegel am Türgriff, langsam, bis die Fahrertür sich mit einem lauten Klacken öffnet. Mist! Ich bleibe kurz stehen, ziehe die Luft durch die Zähne ein und schaue mich in alle Richtungen um. Gott sei Dank, noch immer kein Mensch weit und breit. Ich öffne die Fahrertür ganz, beuge mich vor, in den Wagen. Wo ist das Zündschloss? Durch das Lenkrad verdeckt. Mit der Hand greife ich durch den

Lenkradkranz, taste das Zündschloss ab, spüre den länglichen Schlitz.

Verdammt, kein Schlüssel.

In diesem Moment höre ich ein Knacken hinter mir. Halb über das Lenkrad gebeugt, starre ich vor mich hin, wage mich nicht zu bewegen. Im Nacken spüre ich Schweiß, der die Wirbelsäule hinabrinnt. Ich sitze weiter in der Falle, vermutlich steht der Kerl hinter mir.

Langsam richte ich mich auf, ziehe den Kopf beim Aussteigen ein, gehe einen Schritt rückwärts, sehe mich vorsichtig um. Nichts! Nur das Summen von Insekten, Vogelgezwitscher, kein Mensch.

Ich muss von hier weg. Den Waldweg entlang, auf dem er mich mit dem Fiesta gebracht hat? Den wird er bestimmt zuerst absuchen, mit dem Auto hat er mich gleich. Das bringt nichts! Ich muss quer durch den Wald. Eine Straße oder ein Haus finden.

Wo ist der Typ hin? Ist egal. Bloß weg von hier, ehe er wieder auftaucht. Ich zwänge mich durch Brombeerbüsche und Gestrüpp immer weiter in den Wald hinein. Laufe, stolpere, springe. Ich hab keine Ahnung wohin, einfach nur laufen, weglaufen. Durch die Bäume hindurch sehe ich einen Weg, fast zugewachsen. Meine Bluse bleibt in den Dornen hängen. Ich falle über eine Wurzel, zerreiße meine Strumpfhose, rapple mich wieder auf, wische den Dreck von meinen Knien und laufe weiter. Sehe mich immer wieder um. Keiner folgt mir. Der Weg führt an einem ausgetrockneten Teich entlang. An seiner schmalen Seite ein großes schwarzes Holzhaus. Ich überquere eine über einem sumpfigen Bach liegende Holztür. Sie wackelt beim Darübergehen. Ich gehe zum Haus, die rostige Eisentür ist einen Spalt offen. Ich zwänge mich hindurch und bleibe gleich hinter der Tür stehen.

Das Licht der untergehenden Sonne fällt durch den

Türspalt in den Raum. Leuchtet golden einen schmalen Streifen Boden und Seitenwand aus. Der Rest liegt im Halbdunkel. Ich stehe da, warte. Meine Augen brauchen Zeit, um sich an das Dämmerlicht zu gewöhnen. Langsam fange ich an etwas zu erkennen. Vor mir ein großer fensterloser Raum, geteilt durch einen schmalen gemauerten Sims. Mein Blick wandert über den ins Dunkle führenden Mauervorsprung zur gegenüberliegenden Wand. Auf der anderen Seite eine geschlossene Tür. Rechts neben der Tür eine Holzleiter. Die obersten Sprossen der Leiter ragen aus einem nach oben offenen Kellergeschoss. Ich beuge mich vor, sehe hinunter. Blicke auf große Kisten, dicke Rohre ziehen sich bis zur Decke. Alles steht durcheinander, nichts ist geordnet, es sieht verlassen aus. Links neben mir eine steil ansteigende Holztreppe. Mein Blick folgt den Stufen nach oben. Dort endet die Treppe in einer Falltür. Im hinteren Teil des Raumes ist es duster, Licht dringt durch das Obergeschoss. Ein heller Streifen hebt den Rand der Tür von der dunklen Decke ab.

Von oben höre ich Schritte. Da ist jemand. Meine Augen versuchen der unsichtbaren Person zu folgen. Durch das Gewicht der Schritte rieselt an manchen Stellen Staub durch die Ritzen zwischen den Holzbalken. Die langsam fallenden Staubpartikel spiegeln sich im schmalen Lichtstreifen, der von draußen durch den Türspalt in den Raum fällt. Ich blicke gebannt nach oben. Starre auf die dunkle Decke, bis meine Augen schmerzen. Ein scharfes Brennen zwingt mich, die Augen zu schließen.

Wer ist da oben? Ich muss fragen, ob der mir helfen kann. Ob er mich zu einer Telefonzelle bringen kann? Vielleicht hat der da oben sogar ein Telefon? Ich muss die Polizei anrufen. Und wenn er es ist? Nein, der sucht bestimmt die Straßen mit seinem Auto ab. Wer ist schon so blöd und läuft mitten in den Wald hinein, ohne zu wissen, wo er eigentlich ist. Und wenn es doch der Kerl ist? Jetzt ist noch Zeit zum Abhauen. Verdammter Mist, was soll ich tun?

Ich nehme meinen ganzen Mut zusammen. Die Treppe knarrt bereits bei der ersten Stufe. Ich bleibe stehen, halte den Atem an, schaue angespannt nach oben. Ich warte. Nichts passiert. Oben keine Schritte mehr. Mucksmäuschenstille. Hat der da oben mich gehört? Ist es deshalb so still?

Quatsch! Sei kein Schisser! Die nächsten Stufen geben keinen Laut von sich. An der Unterseite der Falltür ist ein schmiedeeiserner Griff angebracht. Ich zögere kurz, dann packe ich den Griff und stemme die Tür nach oben. Sie ist furchtbar schwer, mit dem Kopf drücke ich nach, bis ich sie einen schmalen Spalt öffnen kann. Ich luge hindurch. Stuhl- und Tischbeine in der Mitte des Zimmers, links ein alter Bettrahmen mit verblichenen Blumenmalereien, rechts Kommode und Schrank mit runden Füßen. Niemand zu sehen.

Aber durch den Spalt sehe ich nur einen Teil des Raumes. Ich drücke die Tür weiter auf. Halte meinen Kopf schräg, strecke mich und schiebe ihn so weit es geht nach oben, reibe am rauen Holz, bleibe mit den Haaren daran hängen. Ich sehe immer noch nicht genug, kann die Tür kaum halten. Ich gehe eine Stufe höher, stemme die Tür weiter nach oben, bis ich mit meinem Kopf halb durch den Spalt passe. Jetzt endlich kann ich mich ein bisschen umsehen. Ich merke, wie mir langsam die Luft ausgeht. Die Tür drückt gegen meinen Nacken. Das Scheißding ist so schwer.

»Da bist du ja!«

Ich verliere den Halt auf der Treppe. Stolpere. Rutsche aus. Lasse den Türgriff los, schlage mit dem Kopf gegen die Stufen, bleibe am Fuß der Treppe liegen. Um mich herum wird alles schwarz.

Durch das weit offen stehende metallene Eingangstor kommt ein Sanitäter, rückwärts, vorsichtig einen Fuß hinter den anderen setzend. Im grellen Scheinwerferlicht leuchtet die Jacke hellrot, der Reflektorstreifen am Rücken strahlt weiß. Die Trage schiebt sich Stück für Stück ins Licht. Als Erstes erscheinen die Beine der auf der Trage liegenden Person. Der vorangehende Sanitäter wirft einen langen Schatten auf den unter der Decke liegenden Körper.

Der zweite Sanitäter erscheint. Dirigiert mit wippenden Kopfbewegungen und Zurufen wie »Vorsicht« und »Etwas links« den ersten nach draußen, über die am Boden liegende Holztür und durch den Waldweg zum Rettungswagen. Die Trage wird in den Wagen geschoben, die Tür mit einem lauten, blechernen Knall zugeschlagen.

Ich liege da, die Augen geschlossen. Höre Musik, leise, angenehm, besonders die Stimme des Sängers. Ich mag den rauen Klang der Stimme. Ein Oldie, das Lied habe ich bestimmt schon tausendmal gehört. Leise fange ich an, die Melodie mitzusummen. Die Zudecke hüllt mich ganz ein, ich fühle mich wohl. Ich räkle mich, schlüpfe weiter unter die Decke, ziehe sie bis zu den Augen hoch. Sie ist zu kurz, jetzt liegen die Füße frei. Es ist zwar nicht kalt, aber zugedeckt ist es angenehmer. Ich kreuze die Füße und reibe mit der Sohle auf dem Fußrücken, umgreife mit den Zehen des einen Fußes die des anderen. Langsam fahre ich mit der Hand über meinen Körper. Ich bin nackt!

Mit einem Schlag ist das angenehme Gefühl der letzten Minuten verflogen. Ich weiß, ich habe mich nicht selbst ausgezogen! Ich reiße die Augen auf. Ein stechender Schmerz. Ich sehe die hölzerne Zimmerdecke, der Raum ist mir völlig fremd. Wo bin ich? Jetzt bloß keine Panik! Denk nach! Das Letzte, an das ich mich erinnere, ist die verdammte Falltür … und der Typ. Er stand dahinter. Ich bin furchtbar erschrocken, und danach nichts mehr. Was ist passiert? Hat mich dieser Kerl in das Bett gelegt? Ausgezogen, ins Bett gelegt und zugedeckt?

Ich richte mich im Bett auf, sehe mich im Zimmer um. Ich bin in dem Raum, zu dem die Falltür führte. Es ist Tag. Wie lange habe ich geschlafen? Auch meine Armbanduhr ist weg.

Ich blicke mich um.

Er sitzt auf dem Stuhl, die Arme auf dem Tisch, den Kopf darin vergraben. Er schläft. Ich ziehe die Beine an, schlinge beide Arme fest um sie. So kauere ich am äußersten oberen Ende des Bettes. Was tun? Mach schnell! Überlege! Mensch, mach, mach! Angriff oder Flucht? Los! Entscheide dich! Ich schaue zur Falltür. Ich sehe mich noch mal im Raum um. Der Kerl ist am Tisch eingenickt. Schläft fest, ich höre seinen Atem schwer, rasselnd.

Flucht. Aber wie? Als Erstes brauche ich meine Kleider, die müssen doch irgendwo liegen. Der Typ schläft fest, also los jetzt!

Vorsichtig schiebe ich die Bettdecke zur Seite, ganz langsam wie in Zeitlupe. Mein Nacken ist ganz verspannt, mein Auge ist angeschwollen. Es fühlt sich taub an, ich kann nicht richtig sehen. Bloß kein Geräusch. Es stört mich, dass ich nackt bin. Ich rücke vor zur Bettkante, setze mich auf, nirgends sind meine Klamotten zu sehen. So wie ich bin, kann ich hier nicht weg. Ich brauche zumindest meine Bluse, oder ein Handtuch. Die Zudecke kann ich nicht nehmen, die würde mich auf der Flucht nur behindern. Vielleicht sind die Sachen im Schrank?

Mit den Füßen berühre ich den Boden, stehe langsam auf. Gehe vorsichtig los. Auf Zehenspitzen. Der Boden gibt leise ächzend unter mir nach. Ich bleibe stehen. Mensch, reiß dich zusammen, der Kerl schläft fest, der kann dich nicht hören! Ich beiße auf meine Unterlippe, versuche mein Keuchen zu unterdrücken. Ich gehe weiter. Auf Höhe des Tisches bleibe ich kurz stehen und schaue auf seinen rasierten Schädel. Er röchelt etwas, es ist fast schon Schnarchen, wenn man genau hinhört. Der schläft tief und fest, ich kann es schaffen! Ich bewege mich weiter vorsichtig auf den Schrank zu. Der Schlüssel steckt im Schloss. So ein Glück! Jetzt bloß kein Geräusch! Er lässt sich nur schwer im Schloss drehen. Ich kenne solche alten Dinger, meine Eltern hatten auch einen uralten Schlafzimmerschrank. Unzählige Male hat mich dieses verdammte Ding beim Herumstreunen verraten! Mit der Zeit bekam ich aber Übung im lautlosen Öffnen, man muss rechtzeitig gegenhalten, die Tür zudrücken, wenn nicht, schnappt der Mechanismus mit einem ohrenbetäubenden Lärm auf.

Vorsichtig drehe ich den Schlüssel, noch ein Stück, noch etwas.

Knack!

War das laut? Nein, nein, ich hab mich nur so drauf konzentriert, deshalb erschien es mir furchtbar laut.

Die Schranktür öffnet sich langsam von selbst, steht nun einen Spalt offen. Ich höre das Schnarchen nicht mehr. Ich wage nicht, mich zu bewegen. Mein Pulsschlag dröhnt im Kopf. Ich kann nicht sagen, ob der Typ hinter mir weiter schläft oder nicht. Ich stehe starr da und höre nur das Dröhnen in meinem Kopf.

Und ich spüre etwas in meinem Rücken, oder glaube etwas zu spüren. Es ist keine Berührung, es ist kein Schmerz. Es ist sein Blick. Ich spüre ihn. Ich bin mir sicher, so wie ich die Schranktür anstarre, starrt mich der Kerl an.

War nicht alles schon schrecklich genug? Ich wurde geschlagen und entführt. Jetzt stehe ich nackt vor ihm. Ich lasse meinen Kopf an die Schranktür sinken.

Ich warte, nichts passiert.

Zum Teufel noch mal, ich mag mir nicht länger auf meinen Hintern glotzen lassen. Es ist genug! Ich drehe mich langsam um, versuche mich mit meinen Armen so gut es geht vor seinen Blicken zu schützen. Lass dir nicht anmerken, dass du Angst hast!

Unsere Blicke treffen sich nur kurz. Dann wendet er sich, immer noch auf dem Stuhl sitzend, ab.

»Zieh dich an, deine Klamotten liegen im Schrank!«

Ich kann keinen klaren Gedanken fassen, weiß nicht, was ich tun soll. Ich möchte nur weg von hier. Raus, einfach nur raus! Was soll ich nur tun? Ich möchte zu ihm hinübergehen, ihn schlagen, wie er mich geschlagen hat. Mit beiden Fäusten möchte ich auf ihn einprügeln. Auf das Schwein, auf den Spinner.

Klar, das ist es! Er wird nicht damit rechnen, dass ich mich wehre. Das ist meine Chance. Ich lass mich nicht von dir fertig machen! Ich muss mir alles genau überlegen, der kleinste Fehler und die Sache läuft schief. Also wie fange ich an?

Ruhig bleiben. Tief durchatmen, Kopf hoch, ganz aufrecht auf ihn zugehen. Nur keine Angst zeigen. Am besten wäre es, wenn ich betont weiblich ginge. So wie die Models auf dem Laufsteg. Schritt für Schritt, ein Fuß vor den anderen, mit Betonung der Hüften beim Gehen. Etwas lasziv wäre nicht schlecht. Hoffentlich geht das gut, hoffentlich kann ich das. Vielleicht fällt er dann über mich her? Typen wie der stehen auf so was. Und es jagt ihnen gleichzeitig Angst ein. Ich muss direkt neben ihm stehen bleiben. Meine Scham in Höhe seines Gesichts. Was macht er dann? Der ist bestimmt ganz verlegen, starrt betreten auf seine gefalteten Hände. Ihm ist es sicher unangenehm, mich nackt so nahe neben sich zu haben. Das ist so einer, der traut sich nur, wenn man wehrlos ist, wenn ich schlafe, dann fühlt er sich stark, holt sich einen runter, während er auf meinen nackten Körper stiert.

Arschloch, gut, was weiter? Ich stelle mir vor, wie er zu schwitzen anfängt, er atmet tief und laut ein. Ich muss ganz entspannt sein, ihn spüren lassen, wie sehr ich meine Überlegenheit auskoste. Ich muss schnell handeln. Er darf keine Zeit haben. Schlag auf Schlag, sonst geht es schief. Ich umgreife seinen Kopf, drehe den Schädel in meine Richtung. Ich drücke sein Gesicht in meinen Bauch. Er soll keine Luft mehr bekommen. Ganz fest drücke ich ihn gegen mich. Drücke mit aller Kraft zu, bis er blau anläuft und kein Atem mehr zu hören ist. Keine Gnade, wenn er winselt und fleht. Er hat es verdient. Er wird versuchen nach Luft zu schnappen, wird versuchen sich zu wehren. Wie ein Fisch auf dem Trockenen wird er sich winden. Wenn ich nur fest genug zudrücke, wird er keine Chance haben, ich muss ihn nur fest genug an mich drücken. Und alles muss schnell gehen, ich muss ihn überrumpeln. Wenn er nur noch japst, ziehe ich seinen Kopf mit aller Gewalt in den Nacken, brülle ihn an: »Du schlägst mich nie wieder, verstanden?« Ich sehe sein Gesicht vor mir, aufgedunsen, die Haut feucht vom Schweiß und gerötet. Aus engen Augenschlitzen wird er mich ängstlich ansehen. Um Gnade bitten.

Er steht auf. Geht zur Falltür, öffnet sie, steigt hinunter. Ohne mich zu beachten. Die Falltür fällt zu! Ich bin alleine, ich habe zu lange gezögert, stehe immer noch vor dem Schrank, die halb geöffnete Schranktür in meinem Rücken, beide Arme schützend vor meinem Körper. Ich lasse die Arme sinken. Gehe hinüber zum Bett und lasse mich darauffallen. Ich ziehe die Bettdecke über mich und schließe die Augen, stechende Schmerzen vom Nacken hoch in meinem Kopf.

Da ist es wieder, das Kind hinter dem Baum. Aus dem Nichts steht der kleine Junge vor mir, mager. Ich gehe auf ihn zu, ich kenne ihn nicht und doch ist er mir vertraut, wie der Wald, in dem ich mich befinde. Ich erkenne ihn an seinem blutverschmierten Ohr. Das Gesicht des Jungen wandelt sich, ich kann es nicht richtig sehen. Irgendetwas an ihm ist mir unangenehm, macht mir Angst. Das Kind weicht meinem Blick aus, schaut mich einfach nicht an, blödes Balg! Der Junge fuchtelt mit den Armen. Macht Zeichen. Was will er? Die Bewegungen werden ruhiger, geordneter, Linien, Kreise, Buchstaben. Es sind Buchstaben, die er mit dem Finger in die Luft zeichnet. Er malt Buchstaben in die Luft. Geheimsprache, so wie wir es als Kinder machten. Buchstaben in die Luft malen oder auf den Rücken schreiben, und dann: »Wie lautet das Wort, rate!« Okay, ich spiele mit. Ich versuche mich zu konzentrieren. Ich erkenne ein »D«. Danach ein »O«? Er schüttelt energisch mit dem Kopf. Beginnt von Neuem. Ein »D«, er nickt, dann ein »U«, er nickt wieder. »DU«! Gut, weiter. Er schreibt weiter in die Luft, schnell, viel zu schnell. Ich kann es nicht entziffern. Er schreibt wieder. Ich kann das Wort nicht erkennen. Er verliert das Interesse an dem Spiel, wendet sich ab, läuft weiter in den Wald hinein. Warte, so warte doch! Ich laufe ihm hinterher, versuche ihm zu folgen. Im Wald ist keiner mehr zu sehen.

Der Linienbus fährt langsam auf die Haltestelle zu. Ich bin der einzige Fahrgast. Noch während der Fahrt stehe ich von meiner Sitzbank auf. Gehe den Mittelgang entlang zur vorderen Bustür. Halte mich dabei an der Haltestange fest. Neben der Fahrertür bleibe ich stehen, lehne mich mit dem Rücken an die Plexiglasscheibe. Der Fahrer sieht mich nicht an, sein Kopf geradeaus, sein Blick stur auf die Fahrbahn gerichtet. Der Bus hält. Die Tür öffnet sich, ich steige aus. Ich bin noch nicht aus dem Bus draußen, noch mit dem Fuß auf der letzten Stufe, schon zwängen sich die ersten Schüler hinein. Stürmen lärmend den Bus, Schultaschen auf dem Rücken, Turnbeutel in den Händen. Rempeln, stoßen, schreien. Jeder versucht, als Erster einen Sitzplatz zu bekommen. Die Türen schließen sich hinter mir. Ich stehe am Straßenrand und schaue in Richtung Bus. Der Fahrer sitzt da hinter seinem Lenkrad und sieht immer noch stur geradeaus. Der Bus fährt an, fährt ganz knapp an mir vorbei. Ich überquere die Straße, gehe auf der gegenüberliegenden Seite weiter den Gehweg entlang. Außer mir ist niemand zu sehen, ich bin alleine. Das Echo meiner Schritte hallt von den umliegenden Gebäuden wider. Das Geräusch ist mir unangenehm.

Es dämmert, die Häuser der Siedlung zeichnen sich nur schemenhaft ab. In einigen Wohnungen brennt Licht. Die Fenster sind helle Flecken in den grauen Fassaden der Häuser. Noch ist die Straßenbeleuchtung eingeschaltet. Die Lampen geben jedoch kaum noch Licht an die Umgebung ab. Ich gehe den asphaltierten Weg entlang auf mein Haus zu. Bleibe an der gläsernen Haustür stehen. Greife suchend mit der rechten Hand in meine Jackentasche und hole das Schlüsselbund heraus. Ich sperre auf, ziehe die Tür klackend gleich hinter mir ins Schloss.

Ich nehme den Fahrstuhl, fahre vom Erdgeschoss hoch in das Zwischengeschoss zur 4. Etage. Laufe von dort die Stufen zu meiner Wohnung hinauf. Den Schlüssel immer noch in der Hand, öffne ich die Wohnungstür, gehe durch den Flur hinüber in die Küche. Behalte wie immer Jacke und Schuhe an, erst in der Küche ziehe ich die Jacke aus, hänge sie über den Stuhl. Ich gehe zur Küchenzeile, öffne die Kühlschranktür, bücke mich, hole die angebrochene Milch von gestern heraus. Dazu ein Glas aus dem Regal. Stelle Glas und Flasche auf den Tisch, setze mich auf den Stuhl. Streife die Schuhe von meinen Füßen und lasse sie unter dem Tisch liegen. Ich nehme die Flasche und gieße die kalte Milch in das Glas. Stelle sie wieder auf dem Tisch ab. Ein Tropfen der Milch rinnt vom Hals der Flasche über deren Bauch hinab auf die Tischplatte. Ich sitze da und sehe dem Tropfen zu. Greife nach dem Glas, nehme einen Schluck. Hebe den Kopf und schaue aus dem Fenster.

Von meinem Platz kann ich auf das gegenüberliegende Haus sehen. Ein Licht nach dem anderen wird angeschaltet. Fenster um Fenster wird hell. Auch in der Wohnung vor mir geht das Licht an. Wie jeden Tag, immer zur selben Zeit. An den Fenstern keine Vorhänge. Ich sehe direkt in das Schlafzimmer. Die Frau läuft durch den Raum. Sie trägt ihr langes T-Shirt, es reicht gerade über ihren Po. Sie verschwindet aus dem Zimmer. Im Fenster daneben geht das Licht an. Ich sehe in die Küche. Die Katze springt auf die Fensterbank, streckt sich, lässt sich träge nieder. Sie kommt und streichelt das Tier. Geht vom Fenster weg, kommt nach einiger Zeit mit einer Tasse zurück. Sie stellt sie auf den Tisch, setzt sich. Mein Blick folgt ihr, folgt jeder Bewegung. Sie nimmt die Tasse, trinkt, stellt sie wieder ab. Sie liest Zeitung, trinkt, ohne den Blick zu heben. Die Katze erhebt sich von ihrem Platz auf dem Fenstersims, streckt sich, springt träge hinüber zum Tisch, lässt sich streicheln und verschwindet aus meinem Blickfeld. Auch die Frau steht auf, nimmt die Tasse, stellt sie auf die Arbeitsplatte hinter sich und verlässt den Raum. Ich bleibe weiter an meinem Platz, trinke die Milch, sehe zum Fenster hinüber, warte. Nach einigen Minuten sehe ich sie wieder, diesmal im Schlafzimmer. Sie ist nackt, ein Handtuch um die Haare gewickelt. Sie geht durch den Raum auf den Schrank zu, öffnet ihn. Die Schranktür nimmt mir jetzt den Blick auf sie, ich kann sie erst wieder sehen, nachdem sie sich angezogen hat. Sie trägt einen Rock, ihre weiße Bluse. Sie schließt den Schrank, blickt sich um, schaltet das Licht aus und verlässt das Zimmer.

Ich stehe auch auf, gehe hinüber in mein Schlafzimmer und werfe mich aufs Bett.

Ich liege da, das Kopfkissen an mich gepresst, die Augen geschlossen. Denke an die Frau in der gegenüberliegenden Wohnung. An ihre Nacktheit, ihren Körper, wie sie wie in Zeitlupe durch den Raum geht. Denke an sie, wie jeden Tag.

Ich öffne die Augen. Richte mich im Bett auf, sehe mich im Zimmer um. Niemand da. Ich lasse mich wieder zurückfallen und starre zur Decke.

Nichts hat sich geändert. Ich liege immer noch nackt auf dem Bett, zugedeckt nur mit einer dünnen Zudecke, eingesperrt in einem kleinen Zimmer, in einem heruntergekommenen, verlassenen Holzhaus mitten im Wald. Ich habe keine Ahnung, was ich hier soll. Was will der Kerl von mir? Ich muss etwas tun, irgendetwas tun, sonst werde ich verrückt. Ich muss hier raus! Komm, mach, steh auf! Steh auf! Zieh dich an, versuch hier rauszukommen, es muss möglich sein! Reiß dich zusammen, nichts wie weg! Ich stehe vom Bett auf, gehe zum Schrank. Meine Klamotten sind im Schrank, wie er gesagt hat. Ich schlüpfe schnell hinein, als könnte mich jemand beobachten. Über der Kommode, an einem Nagel, hängt ein alter Rasierspiegel, rund, mit rotem Plastikrand. Ich sehe furchtbar aus. Das Gesicht geschwollen, das linke Auge rot, blutunterlaufen, das Unterlid fängt schon an, sich schwarzlila zu verfärben. Der fast blinde Spiegel lässt meine übrige Gesichtsfarbe, im Kontrast dazu, noch fahler aussehen. Während ich meine Blessuren abtaste und mein Gesicht anstarre, verdunkelt sich der rechte Rand des Spiegels. Ein Kopf schiebt sich über meine Schulter vor. Sein Kopf. Die Stirn wölbt sich unter den Augenbrauen wulstig hervor, die Augen liegen tief. Die Nase ist stark gebogen, zur Spitze hin wird sie flach, ein tiefer Sattel, so dass die Spitze sich wie ein kleines Dreieck vorwölbt. So wie die Nase aussieht, hat er sie sich bestimmt einmal gebrochen. Wundert mich nicht bei dem Schläger. Schmale Lippen liegen über dem hervortretenden Kinn, in der Mitte ein Grübchen.

»Hunger?«

Ich sehe in seine Augen, schmutzigbraune Augen. Halte den Blick aus. Er lächelt breit, bleckt dabei die Zähne. Braungelbe Zähne mit Lücken.

»Mhmm.«

Ich bringe nicht mehr heraus, nur »Mhmm«. Und nicke dazu. Er geht zum Tisch hinüber, schüttelt den Inhalt der Papiertüte darauf aus. Verschiedene Brötchen, ein halber Laib Schwarzbrot, Laugengebäck. Aus einer anderen Tüte holt er Butter und ein in Papier eingewickeltes Wurstpaket. Mit den Fingern nimmt er den Aufschnitt und legt ihn auf den Teller. Dazu mehrere

Flaschen Bier. Stellt sie sorgfältig nebeneinander. Klar, Wurst mit ungewaschenen schmutzigen Fingern anfassen und Bier trinken, das passt zu ihm.

Er grunzt, zündet einen Gaskocher an. Den Kocher hat er zuvor aus dem Rucksack geholt. Der richtet sich richtig häuslich ein. Jetzt holt er auch noch eine Pfanne. Brät Spiegeleier.

»Magst du?«

»Mhmm.« Eigentlich mag ich von dir nichts, aber mir ist schon ganz schlecht vor Hunger, mein Magen knurrt. Zögernd setze ich mich an den Tisch.

»Warum bin ich hier?«

Er stellt die Pfanne mit Spiegeleiern vor mich hin.

»Iss!«

»Was willst du von mir? Warum bin ich hier, verdammt noch mal! Mach den Mund auf!« Meine Stimme überschlägt sich, klingt seltsam gequetscht. Tränen schießen mir in die Augen. Ich will die Scheiß-Spiegeleier nicht, hole aus, will die Pfanne mit dem Arm vom Tisch fegen. Er hält meinen Arm fest, drückt ihn gegen die Tischplatte.

»Iss!«

Er lockert langsam seinen Griff und lässt den Arm los. In mir halten sich Gefühle von Ohnmacht, Wut und Angst die Waage. Ich fange an zu essen. Zuerst langsam, zögernd, dann schneller. Hastig schlage ich mir den Bauch voll, esse gierig die ganze Pfanne leer. Den Rest tunke ich mit Brot auf. Die Tränen, die über meine Wange laufen, wische ich mit dem Handrücken weg.

Er sitzt neben mir, sieht mich an, sagt kein Wort. Nachdem er ein Bier nach dem anderen geleert hat, steht er auf, räumt Geschirr und Kocher zusammen, stellt es in eine Holzkiste.

»Ich gehe abwaschen, Wasser gibt's nur draußen!«

Er öffnet die Falltür, steigt die steile Treppe hinunter. Die Tür fällt hinter ihm ins Schloss. Knarren, dann Stille. Hoffentlich fällt er die Treppe runter und bricht sich das Genick.

Eine Fliege macht sich am Tisch an den Resten der Brotkrumen zu schaffen. Sie krabbelt hin und her, putzt sich sorgfältig Fühler und Gesicht. Fliegt zum Fenster, dann wieder zum Tisch, auf meine Hand. Normalerweise würde ich sie erschlagen, jetzt ist sie eine willkommene Ablenkung.

Es muss schon mindestens eine Stunde vergangen sein, seitdem er weg ist.

Ich muss hier raus! Ich gehe hinüber zur Falltür. Die klemmt oder ist verschlossen, ich ziehe, bis die Finger schmerzen. Der Arsch hat mich eingesperrt! Hält mich gefangen. Wie ein Tier, gibt mir zu fressen, damit ich nicht eingehe. Dieses Schwein!

Mit dem Küchenmesser stochere ich im Türspalt, heble damit, bis es bricht. Ich Idiot, das hätte ich noch als Waffe gebrauchen können.

Es ist still im Zimmer, ich höre nur die Fliege, wie sie am unteren Fensterrand hin und her brummt. Von Zeit zu Zeit schlägt sie dumpf gegen das Glas, läuft auf der Scheibe herum.

Ich gehe hinüber zum Fenster, rüttle daran, es lässt sich auch nicht öffnen. Wolken ziehen langsam vorüber. Ich stelle mich auf den Stuhl, es sind gerade die obersten Baumwipfel des Nadelwalds zu sehen. Ich könnte die Scheibe einschlagen, lasse den Gedanken jedoch gleich wieder fallen. Das Fenster ist zu schmal, da ist kein Durchkommen.

Ich durchsuche nochmals das Zimmer. Es ist sinnlos, aber es muss doch irgendwas zum Aufbrechen der Tür zu finden sein. In der Kommode hab ich noch nicht nachgeschaut. Teebeutel, Kehrschaufel und ein uralter Handbesen, Zeitungen, ein kleiner Fotorahmen. Ich habe zu Hause auch so einen aus schwarz lackiertem Holz, ganz genau den gleichen. Neugierig greife ich nach dem Rahmen. Nehme ihn heraus, drehe ihn um.

Und starre fassungslos auf das Bild. Das ist unmöglich, es ist ein Foto von mir als Schülerin. Neben mir sitzt Joachim. Joachim mit seinem runden Kindergesichtchen grinst mich an! Ich will es nicht sehen, schmeiße den Rahmen wieder zurück in die Kommode. Wie kommt das Bild hierher? Es stand in meinem Bücherregal, in der obersten Reihe, ganz in der Ecke war der Rahmen zwischen Wand und Büchern eingeklemmt. So fest, dass man ihn kaum herausziehen konnte. Ich kann mich nicht erinnern, dass er verschwunden war. Gut, dort stehen alle meine alten Bücher. Alles, was ich aus irgendeinem sentimentalen Grund nicht wegwerfen mag. Ich hätte dieses Zeug schon längst auf den Müll schmeißen müssen.

Zögernd hole ich das Bild wieder aus der Kommode heraus, wie versteinert starre ich auf das Foto. Stehe da, halte es mit beiden Händen. Ewig starre ich es an. Draußen wird es bereits dunkel. Ich schaue das Bild an, bis die Gesichter darauf verschwimmen, ich fast nichts mehr erkennen kann. »Er kommt nicht zurück!« Ich fahre zusammen, erschrecke beim Klang meiner eigenen Stimme. »Er kommt nicht zurück!«, sage ich noch einmal halblaut zu mir selbst. Und weiß nicht, wen von beiden ich damit meine, Joachim oder meinen Entführer. Durch den halbdunklen Raum gehe ich hinüber zum Bett.

Auf dem Bett liegend, nicke ich immer wieder ein. Fahre erschreckt hoch, um dann doch wieder einzuschlafen. Ich will nicht schlafen, ich will wach bleiben, habe Angst vor meinen Träumen.

Und wieder werde ich aufgesogen von einer schwarzen Leere, werde hineingezogen in das Nichts. Weit weg sehe ich ein Licht, wie am Ende eines Tunnels. Ich laufe dem Licht entgegen. Das Licht wird größer, heller, es verdrängt das Dunkel. Ich bin in einem Raum, ich kenne ihn. Ich weiß, ich träume wieder den gleichen Traum. Wieder und immer wieder. Und auch diesmal drehe ich mich um mich selbst und sehe mir doch im gleichen Augenblick dabei zu. Und plötzlich steht wieder der kleine Junge vor mir. Ich gehe auf ihn zu. In mir ist ein Gefühl der Wärme, ich möchte ihn umarmen, ihn beschützen. Der Junge sieht mich an. Es ist Joachim. Ich blicke hoch und sehe in einen Spiegel. Ich sehe Joachim und daneben, gut einen Kopf größer als er, stehe ich. Als Dreizehnjährige mit langen dunkelblonden Zöpfen. Joachim blickt zu mir hoch, plappert vor sich hin. Er redet viel zu schnell. Ich verstehe ihn nicht. Es ergibt keinen Sinn. Nur langsam fange ich an, ihn zu verstehen.

»Sparschwein.« Er hält das Schwein in der Hand und zeigt es mir. Ich will danach greifen, doch er holt aus und wirft es in den Spiegel. Unser Spiegelbild zerbirst in tausend Scherben. Alles ist übersät, der ganze Boden voll glitzernder Glasscherben. Zwischen den Scherben Münzen, Pfennige, Zehnpfennigstücke. Ich packe ihn, drücke ihn mit aller Gewalt zu Boden. Joachim liegt in den glitzernden Scherben, das Licht bricht sich in ihnen tausendfach. Die Beine blutig, er weint. Ich sehe in sein Gesicht, nass von Tränen, Rotz läuft aus seiner Nase. »Du kleines Miststück!« Ich spüre die Wut in mir, spüre diese furchtbare Wut in mir. Ich beginne auf ihn einzuschlagen, ihn zu treten. Ich höre nicht mehr auf. Er blutet, ich schlage weiter, schlage, schlage … bis sein kleiner Körper reglos am Boden liegt. Blut sickert langsam als dünner Faden aus dem Ohr. Ich strecke die Hand aus, berühre das rote Rinnsal. Sehe es auf meiner Fingerkuppe glänzen. Ich beuge mich hinab, küsse und liebkose ihn. Und noch im gleichen Augenblick möchte ich, dass er verschwindet. Er muss weg! Ich hole die Schubkarre, versuche den Körper auf die Karre zu hieven. Es geht nicht, er fällt auf der anderen Seite herunter, immer wieder. Ich packe ihn an seinen Beinen, sehe seine Schuhe. Kinderschuhe. Blaue Stoffschuhe, mit blau-weiß gestreiften Schnürsenkeln. Joachims Lieblingsschuhe.

»Hallo, Monika, was machst du mit mir?« Ich stutze, drehe mich um. Ich stehe in einem Park. Joachim steht neben mir an eine Weide gelehnt, Joachim, der eben noch wie tot auf dem Boden lag. Er hält eine Hand an sein Ohr und grinst.

Ich sitze auf einer der alten Holzkisten. Mein Jagdmesser in der einen, ein Stück Holz in der anderen Hand. Von oben höre ich von Zeit zu Zeit Schritte. Sie geht auf und ab. Ich sehe hoch zur Decke. Meine Augen folgen der Unsichtbaren. An manchen Stellen rieselt Staub durch die Ritzen zwischen den Holzbalken. Ich sehe den Staubpartikeln zu, wie sie langsam zu Boden schweben.

Hier unten sitze ich am liebsten. Zwischen all den alten verstaubten Kisten und Maschinen. Mein Lieblingsplatz. Es war schon immer mein Lieblingsspielplatz hier in Vaters Mühle. In das alte Gebläse konnte ich hineinkriechen. Ich passte genau durch die offene Lüftungstür. Innen standen Kerzen, kleine Teelichter. Vater sah das nicht gern, er hatte Angst, ich würde ihm die ganze Mühle abfackeln. Ich war der Lokomotivführer, draußen war es dunkel, Nachtfahrt. Im Licht der Kerzen fand ich all die Instrumente, Druckmesser für den Heizkessel, Ölstandsanzeiger, Geschwindigkeitsmesser, Temperaturanzeiger.

In jeder der Kisten lagen Schätze. Ich kannte ihren Inhalt, jeden Gegenstand. Ich hatte Waffen, viele Waffen. Vor allem Schwerter, Messer, Gewehre und Pistolen. Die brauchte ich auch. Ich musste meine Mühle verteidigen. Gegen Piraten, Diebe. Gegner lauerten überall. Vor allem unten im Bunker. Dort durfte ich nicht hin. Vater hatte es mir verboten. Unter Strafe hatte er es mir verboten. Und doch habe ich immer wieder heimlich unter die Holztür gelugt, die glitschige Treppe gesehen. Das Licht meiner Kerzen reichte nicht aus, ich konnte die Tür zum Bunker nur erahnen. Aber ich wusste, dort sind sie, meine Feinde. Gezeigt haben sie sich nie, haben sich immer gut versteckt, doch ich war bereit.

Ich sitze auf der großen Holzkiste und schaue nach oben. Sie geht auf und ab. Wie Mutter geht sie auf und ab. Vater hatte sie immer wieder eingesperrt. Alle paar Wochen war sie dort oben. Was sie getan hatte, wusste ich nicht. Ich traute mich auch nicht zu fragen. Vater war bestimmt im Recht. Vater hatte immer Recht. Ab und zu hörte ich Vater und Mutter streiten. Sie schrien sich an. Ich habe mir dann immer die Ohren zugehalten und laut gesungen, um es nicht hören zu müssen. Vielleicht war es Mutter sogar recht, dass er sie oben einsperrte, so konnte er sie wenigstens nicht mehr schlagen.

Wenn Mutter oben eingesperrt war, konnte ich toll spielen. Den ganzen Tag und die ganze Nacht. Vater war dann immer fort. Kam erst nach Tagen betrunken zurück. Manchmal rief Mutter nach Vater. »Schließ bitte auf! Bitte schließ auf!« Manchmal rief sie auch nach mir. Ich war dann immer ganz leise, tat so, als ob ich nicht da wäre. Bin in das Gebläse gekrochen und habe Lokomotivführer gespielt. Ich wollte sie nicht hören, konnte ihr nicht helfen. Vater war im Recht. Er war immer im Recht.

Seit einiger Zeit höre ich keine Schritte mehr. Es ist

still. Ich schleiche mich vorsichtig die Treppe hinauf. Entriegele das Schloss. Öffne die Falltür. Sie liegt auf dem Bett, ganz ruhig. Die Augen geschlossen. Sie atmet schwer, schläft tief. Ich gehe zum Bett. Sie liegt da, hält das Bild in den Händen. Ich will das nicht, will nicht, dass sie das Bild hat. Ich nehme es ihr weg. Ziehe es ganz vorsichtig aus ihren Händen. Sie merkt es nicht, schläft weiter.

Ich nehme die Bettdecke und decke sie zu. Sie soll nicht frieren.

Ich habe schlecht geschlafen, Albträume. Es ist dunkel im Zimmer, nur der Mond scheint ein wenig herein. Aber so kommt wenigstens etwas Licht in den Raum. Ich kann gerade die Umrisse der Möbel erkennen. Gestern waren hier noch Petroleumlampen. Wo ist das Bild? Ich hatte es doch in meinen Händen, als ich einschlief. Ich weiß das genau, ich bin doch nicht blöd! Wie gestern hat er mich zugedeckt. Unheimlich. Mich fröstelt trotz der Decke. Niemand außer mir im Zimmer. Ich liege eine Zeit lang wach da, die Augen zur Decke gerichtet. Ich kann nicht verstehen, was er von mir will. Zuerst dachte ich, er will nur an das Geld, aber kein Wort mehr über Geld und Schlüssel, seit wir hier sind. Seltsam. Meine Gedanken drehen sich im Kreis. Irgendwann schlafe ich wieder ein.

Es dämmert, mit einem Schlag werde ich wach. Ich muss aufs Klo. Ich bin den ganzen Tag nicht auf dem Klo gewesen. Ich halte es kaum mehr aus. Ich klopfe, lege mich auf den Boden, rufe durch die Türritze: »Hallo, ich muss aufs Klo, ich brauche eine Toilette, dringend!« Nichts, er rührt sich nicht. »Ich mach ins Zimmer, wenn du nicht aufmachst!«

Nichts, kein Geräusch, alles ist still. Der Druck in meinem Bauch wird größer und größer. Wenn ich nicht gleich auf ein Klo komme, mache ich mir in die Hose wie ein kleines Kind. »He, du da unten, mach auf! Hörst du nicht, ich muss aufs Klo!«

Der Scheißkerl hört mich nicht. Ich hüpfe von einem Bein auf das andere, es hilft nichts. Ich verschränke die Beine, krümme mich. »Hörst du nicht? Ich brauche eine Toilette oder einen Eimer!« Wie verrückt suche ich alles nach einem Gefäß ab. Nichts! Die Plastiktüte! Die Plastiktüte auf der Kommode, das ist meine Rettung. Ich laufe rüber zur Kommode, greife nach der Tüte und verziehe mich in die hinterste Ecke des Raums. Soll ich mich lieber wieder komplett ausziehen? Wäsche zum Wechseln gibt's nicht. Keine Zeit mehr. Ich ziehe den Rock hoch, streife die Unterhose weit nach unten und gehe in die Hocke, halte die Tüte drunter. Nein, so kann das nicht gehen. Wenn mich jetzt jemand sehen würde, der würde sich totlachen. Mir ist eher zum Heulen. Ich platze gleich, dann ist die Sauerei im Zimmer, kein Wischlumpen, kein Wassereimer. Ich knülle den oberen Rand der Tüte zusammen, bis sie von allein steht. So geht's. Tief in die Hocke und los. Plötzlich Erleichterung, das tut gut. Wie einfach man glücklich werden kann. Die Tüte verknoten, unter die Kommode schieben, geschafft.

Völlig erledigt lege ich mich aufs Bett.

Wie kommt das Bild von Joachim und mir hierher? Was will der Kerl? Warum bringt er mich hierher? Ich verstehe das Ganze nicht. Ich zermartere mir den Kopf. Es ergibt keinen Sinn, überhaupt keinen. Denk nach. Gut. Dieser seltsame Typ, nur er kann es gestohlen und hierher gebracht haben. Er muss in meine Wohnung eingebrochen sein. Aber warum? Bis auf dieses Bild hat er nichts mitgehen lassen. Zumindest ist mir nichts aufgefallen. Ich kann mich nicht erinnern, dass Geld oder was Wertvolles gefehlt hätte.

Aber warum dieses Bild? Warum macht jemand sich die Mühe, bricht ein und klaut nur einen einzigen Gegenstand, ein Bild von mir und meinem kleinen Bruder? Jeder vernünftige Mensch stiehlt etwas von Wert. Meine Stereoanlage, Farbfernseher, Geld, Schmuck, was weiß ich. Wenn er was von mir will, hätte er doch etwas anderes mitnehmen können. Unterwäsche. Ich hab mal gelesen, Japaner lieben so was, die stehen auf gebrauchte Unterwäsche. Gut, wenn er nur einzelne Stücke mitgenommen hätte, hätte ich es natürlich nicht bemerkt. Weder bei der gewaschenen noch bei der schmutzigen Wäsche. Ich zähle schließlich nicht meine Unterhosen!

Aber warum ein Bild mit Joachim darauf? Auf dem Foto hatte ich meine neuen Jeans an, meine ersten engen. Ich bin extra mit der Jeans in die heiße Badewanne gestiegen, damit sie einläuft und ganz eng sitzt. Danach musste ich mich immer auf den Boden legen, um den Reißverschluss zumachen zu können. Mann, war ich stolz! Die Haare zum Pferdeschwanz gebunden, Sonnenbrille und Schmollmund. Wie die Bardot. Die ganzen Filme liefen damals im Fernsehen. Schwarzweiß, Farbe gab's noch nicht, oder zumindest bei uns zu Hause nicht. Meinen Freundinnen stand der Mund offen. Und den Jungs natürlich auch. Die ganz Coolen hatten Fahrräder mit Bonanzalenker, Bananensattel und wehendem Fuchsschwanz daran. War ganz groß in Mode. Unser Kontakt zu den Jungs bestand im Haareziehen, Nassspritzen und Hänseln, aber wir wussten trotzdem immer, was die anderen taten. Die anderen waren die Jungs aus dem Dorf. Alle, ob Jungen oder Mädchen, waren immer mit Rädern unterwegs, von morgens bis abends. Auch das Foto mit Joachim wurde auf einer Radtour aufgenommen. Eine meiner Freundinnen hatte einen Fotoapparat von Porst. Ich kann mich noch genau erinnern. Zehn Mark hatte der Fotoapparat damals gekostet, ein ganz billiges Ding, aber für uns eine Menge Geld. Und ich hatte wie immer Joachim am Rockzipfel hängen. Ich musste ihn überall mit hinnehmen, diese kleine blöde Nervensäge. Nie allein, ständig war er dabei. Wie eine Klette. Unterwegs hat er uns belauscht und zu Hause dann verpfiffen. Alte Petze, klar, dass er mir auf die Nerven ging! Auf dem Bild hat er diese scheußlichen blauen Stoffschuhe an, hellblau mit gestreiften Schnürsenkeln. Die vergesse ich nie! Und das Gejammer, »Kann nicht mehr!«, »Rast!«, »Durst!«. Als ich ihm dann nachgegeben habe und wir in der Gaststätte der Kleingartenanlage einkehrten, wie hieß die noch mal?, »Land in Sonne«, sind in meiner Geldbörse nur noch fünfzig Pfennige! Und er, das kleine Miststück, hat getan, als wüsste er von nichts. Gewunden hat er sich und geschrien wie blöd. Alle Leute haben uns schon angeschaut. Vom Nachbartisch ist einer aufgestanden und wollte mich zur Rede stellen. Bis ich Joachim seinen Geldbeutel aus der Hosentasche gezogen habe. Da hab ich sie gefunden, die fünf Mark fünfzig! Er war ein kleiner Dieb! Er hatte es nicht zum ersten Mal getan, nur diesmal hatte ich ihn erwischt.

Aber warum das Bild? Kennt er mich von früher, aus meiner Kindheit? Oder Joachim? Ich hab keine Ahnung.

Ich liege da, in meinen Gedanken bin ich weit weg. Ich denke an das Dorf, die Wiesen im Sommer. Saftiges Gras, kniehoch. Ich kann mich an den lauen Wind erinnern und daran, wie ich mit wehendem Kleid und hüpfenden Zöpfen über die Wiesen laufe. Wenn ich die Augen schließe, spüre ich noch immer die warmen Strahlen der Sonne auf meinem Gesicht. Ich laufe und hüpfe auf dem weichen Gras, bis ich aus der Puste bin. Die Hände auf die nackten Knie gestützt, atme ich tief ein und aus. Habe den Geruch der frisch gemähten Wiese in der Nase. Es riecht erdig und grün. Ich möchte gerne auf der schönen Wiese bleiben.

Durch das Knarren der Dielenbretter werde ich aus meinen Erinnerungen gerissen. Ich lasse die Augen geschlossen, stelle mich schlafend. Selbst ein Tagtraum ist besser als die Wirklichkeit. Ich höre Schritte im Raum und wie mit einem Rums die Falltür zufällt. Erst jetzt öffne ich die Augen, richte mich im Bett auf, auf dem Tisch stehen Essen und Getränke. Und wie fürsorglich, auch die volle Tüte hat er weggetragen und eine neue auf die Kommode gelegt!

Nach dem Essen wieder Langeweile. Langsam verliere ich jedes Gefühl für Zeit. Ich habe mich seit einer Ewigkeit nicht mehr gewaschen. Meine Zähne fühlen sich pelzig an, wenn ich mit der Zunge über die Oberfläche fahre. Ich fange bestimmt schon an zu stinken. Wie lange bin ich schon hier? Ich schlafe, wache auf, esse, döse vor mich hin, schlafe wieder. Der Himmel ist bewölkt, im Zimmer wird es nie richtig hell. Die Petroleumlampen sind noch da, aber er hat sie wieder nicht angezündet, und Streichhölzer sind keine zu finden. Ich hab überall danach gesucht. Vermutlich traut er mir den Umgang mit Feuer nicht zu. Ebenso wenig wie den mit Wasser und Seife. Aber er lässt mich wenigstens in Ruhe.

Neonröhren erleuchten den Flur. Das Licht ist kalt und grell. Durch die mattierten Scheiben der Notaufnahme ist das Blaulicht des Rettungswagens als verschwommener, regelmäßig wiederkehrender Streifen zu erkennen. Die Flügel der großen gläsernen Tür öffnen sich automatisch, gleiten lautlos zur Seite.

Lärm, Schritte, Rufe.

Die Rettungssanitäter fahren eilig die verletzte Person herein, hetzen, die Trage vor sich her schiebend, den Flur entlang.

Krankenschwester und Pfleger laufen ihnen entgegen, übernehmen die Trage. Ein Blick und sie erkennen den Ernst der Lage. Alles geschieht schnell, wortlos. Die Trage wird in die Reanimationseinheit geschoben.

Ich sitze auf der Bank des Kinderspielplatzes gegenüber der Sandkiste und warte. Von hier kann ich den Eingang des Hauses beobachten, ohne gesehen zu werden. Sie ist pünktlich. Wie immer verlässt sie das Haus um halb neun Uhr morgens. Und wie jeden Tag trägt sie den beigefarbenen Mantel. Die Tasche an der Schulter. Die Hand um den ledernen Trageriemen. Sie geht den Weg am Spielplatz entlang zur Bushaltestelle. Ich ducke mich ein wenig. Den Kopf gesenkt, den Blick auf meine Turnschuhe gerichtet. Sie soll mich nicht sehen, soll mich nicht wahrnehmen. Sie geht an mir vorüber. Ich sehe ihr nach, sehe, wie sie an den Mülltonnen vorbei in Richtung Bushaltestelle geht.

Ich stehe auf, folge ihr, eine alte Zeitung in der Hand. Bleibe auf Höhe der Mülltonnen stehen. Ich öffne den Deckel der Tonne, werfe die Zeitung hinein. Ich warte. Luge hinter dem geöffneten Deckel hervor. Sehe, wie der Linienbus näher kommt, hält, sie steigt ein. Der Bus fährt weiter. Ich schließe die Tonne, gehe zurück zum Haus.

Ich drücke wahllos auf einen der zahlreichen Klingelknöpfe. Beim dritten Versuch habe ich Glück, das summende Geräusch des Türöffners. Ich stemme mich gegen die Tür, sie öffnet sich, ich bin im Haus.

Der Hausflur unterscheidet sich kaum vom Flur in meinem Haus gegenüber. Der einzige Unterschied: statt des handbreiten grünen Streifens, der sich etwa einen Meter über dem Boden befindet, ist es hier ein roter.

Mit dem Fahrstuhl fahre ich in das Zwischengeschoss zur vierten Etage, steige dann die Treppe hinauf. Trete nur mit dem vorderen Fuß auf, versuche möglichst wenig Geräusch zu verursachen.

Ich greife in die Tasche meiner Army-Jacke und hole eine kleine Plastikkarte heraus. Die Karte stecke ich oberhalb des Schlosses in den Falz zwischen Rahmen und Tür. Ziehe sie ein Stück nach unten, bis ich auf einen Widerstand stoße. Nehme sie ein ganz kleines Stück heraus und drücke auf Höhe des Widerstands gegen den Schnapper. Ein Klacken, die Tür ist offen.

Ich blicke mich nach allen Seiten um. Nichts. Und verschwinde rasch in der Wohnung.

Im Flur bleibe ich hinter der Tür stehen, atme tief durch, spüre meinen Herzschlag. Verrückt und lächerlich. Es ist nicht mein erster Einbruch, und doch ist es diesmal anders. Ich will nichts stehlen, mich nur umsehen.

Die Wohnung ist wie meine eigene, nur spiegelverkehrt. Im Flur an der Garderobe Mantel, Jacke, ein Paar Schuhe am Boden. Gegenüber ein Spiegel. Daneben eine Pinnwand. Eintrittskarten, Konzertkarten. Ich sehe sie mir genauer an. Musical- und Theaterkarten, Phantom der Oper, Cats, Starlight Express, die Fledermaus und Richard Clayderman. Nicht mein Geschmack.

Ich greife nach einem der Schuhe, hebe ihn hoch. Hellbrauner Lederschuh, vorne spitz zulaufend, die braune Brandsohle im Bereich der Ferse etwas abgewetzt. Der Absatz mittelhoch, schlank, nach außen leicht abgetreten.

Ich rieche daran, duftet angenehm nach Leder. Als Kind habe ich meine Mutter immer zum Schuster begleitet. Der ganze Laden roch nach Leder und Schusterleim. Meine Mutter behauptete, man würde von dem Geruch süchtig.

Links die Tür zum Wohnzimmer, nein, das Bad. Logisch, alles spiegelverkehrt. Im Bad überall Fläschchen, Tuben und Tiegel, unter dem Spiegel, auf der Glasplatte. Ich versprühe etwas von dem Parfüm, riecht gut, lieblich. In der Badewanne Wäsche. Ich stochere ein bisschen darin herum. Blusen, Strümpfe, Unterhosen, ein BH. Ich halte ihn hoch. Hautfarben, alles andere als sexy.

Ich gehe ins Wohnzimmer. Couchgarnitur, grün, Cord, Couchtisch aus Rauchglas. Gegenüber eine Schrankwand. Helles Kiefernholz. Ich sehe mir die Sachen im Regal genauer an. Liebesromane, Kochbücher, Lexika, Yoga für Jeden, Ratgeber und ein Opernführer. In der obersten Reihe ganz hinten in der Ecke klemmt etwas zwischen Büchern und Regalwand. Es sieht aus wie ein Bilderrahmen. Ich strecke mich, greife nach dem Rahmen, ziehe ihn heraus. Eine Fotografie, die Farben durch die Jahre etwas gelbstichig geworden. Das Bild gefällt mir. Es erinnert mich an meine Kindheit. Meine Mutter war nur ein paar Jahre älter als das Mädchen auf dem Bild, als sie schwanger wurde. Die gleichen dunkelblonden Haare, das blasse Gesicht. Sie war so schmal, so zerbrechlich. Ich nehme das Bild mit, stecke es in meine Jackentasche. Sie wird es nicht bemerken.

Hinter mir plötzlich ein Rascheln. Leise. Dann ein Schaben. Ich bin ganz still, lausche, rühre mich nicht vom Fleck. Das Geräusch wird lauter. Von woher kommt es? Von der Tür? Verdammt, die lebt doch allein. Außer ihr wohnt doch keiner hier. Ich schiebe meine Jacke etwas zur Seite und greife in meine rechte Gesäßtasche. Ich hole mein Jagdmesser heraus. Es klickt leise beim Öffnen. Mit dem geöffneten Messer in der Hand schleiche ich mich auf Zehenspitzen aus dem Zimmer. Ich gehe über den Flur. Das Geräusch kommt aus der Küche. Das Messer in der rechten, stupse ich mit der linken leicht gegen die angelehnte Tür. Die Tür geht langsam auf. Ich mache einen Schritt vorwärts, schaue mich um. Niemand.

Es scheppert laut. Ein Klirren. Ich fahre herum, das Messer immer noch in meiner Hand. Da sehe ich die Katze, wie sie mit gesträubtem Fell fauchend auf dem Tisch steht. Sie springt vom Tisch, saust an mir vorbei durch die geöffnete Tür. Am Boden liegen Scherben. Scheißvieh, bin ich erschrocken!

Ich klappe das Messer zusammen, stecke es zurück in meine Hosentasche. Gehe über den Flur zur Wohnungstür. Sehe durch den Spion. Keiner im Hausflur. Ich verlasse die Wohnung.

Mir ist so langweilig. Ich gehe auf und ab, steige auf den Stuhl, betrachte Himmel und Baumwipfel, lege mich aufs Bett. Der Himmel verdunkelt sich immer mehr und es beginnt zu regnen. Der Regen prasselt laut auf das Dach. Ich höre, wie das Wasser über die Regenrinne an der Seitenwand des Hauses abfließt. Ich stelle mir vor, wie die einzelnen Tropfen auf die Schindeln fallen, von dort hinunterrinnen, sich sammeln, als kleines Rinnsal weiterlaufen, in die Regenrinne plätschern und in das Abflussrohr fließen. Sie stürzen am Haus hinab in die Regentonne. Ich liege auf dem Bett und folge in Gedanken jedem einzelnen Tropfen auf seinem Weg. Dach, Regenrinne, Abflussrohr. Immer wieder Dach, Regenrinne, Abflussrohr.

Und auf einmal bin ich in Gedanken wieder bei dem Foto und bei Joachim, wie er mir darauf entgegengrinst. Wer kannte ihn schon? Keiner. Unsere Stiefmutter ist vor Jahren gestorben. Das Foto habe ich damals, als ich ihre Wohnung ausräumen musste, mitgenommen. Das Foto und anderen sentimentalen Krimskrams. Freunde hatte Joachim keine. Keine richtigen zumindest. Immer ist er nur an meinem Rockzipfel gehangen. Die kleine Klette! Und mit Hans ist er immer herumgezogen, die beiden waren oft zusammen. Hans, der Dorftrottel. So was darf man heute eigentlich nicht mehr sagen, aber damals war das noch ganz normal. Jedes Dorf hatte seinen Idioten, »das bringt Glück«. Sein Gang, seine Sprache, alles war langsam an ihm. Er war zurückgeblieben. Angeblich hat er nicht einmal die Hilfsschule gepackt. Hans war unförmig, ein massiger Körper, klobige Hände, alles erschien mir damals riesig an ihm. Vielleicht auch, weil er immer viel zu kleine Sachen anhatte. Die Hose hatte Hochwasser. Die Hemdsärmel waren natürlich auch zu kurz. Darunter immer ein schmutziges Unterhemd. Überhaupt war waschen für ihn ein Fremdwort. Sein Körper war nicht missgestaltet, aber die alten abgetragenen Klamotten ließen ihn so komisch aussehen. Seine Eltern waren aus dem Osten. Weißrussen oder so. Ich habe keine Ahnung, es hat mich auch nie interessiert. Hans konnte auf alle Fälle kein richtiges Deutsch. Aber er wollte dazugehören und dafür tat er alles. Für uns war es immer ein riesiger Fetz. Wir haben ihn angestiftet, jeden Blödsinn zu machen.

Wie damals, als er für uns ein Schwein vom größten Bauern am Ort stehlen sollte. Das war wieder eine unserer Mutproben für ihn. Er selber wäre bestimmt nie auf die Idee gekommen, war viel zu arglos dafür. Wir mussten ihn nicht lange überreden, er wollte doch dazugehören. Hans war stark, so stark war keiner von uns. Ich sehe ihn noch vor mir, wie er den Läufer gepackt hatte. Das Schwein wand sich wie wild hin und her. Mit seinen beiden Armen hatte Hans es fest im Schwitzkasten. Die Hinterläufe hingen herunter, behinderten Hans beim Laufen. Aber es war ihm egal. Er hat es nicht losgelassen, obwohl sich das Tier gewunden hat. Keiner von uns hätte es so packen und wegschaffen können. Nicht zu zweit oder zu dritt und alleine schon gar nicht. Teil der Mutprobe war es, es in den Brunnen zu werfen. Er schaffte es tatsächlich. Das Schwein hat geschrien vor Angst und wir haben gegrölt vor Lachen. Überallhin konnte man es hören. Das halbe Dorf war auf den Beinen. Die Freiwillige Feuerwehr hat es wieder herausgeholt. Und den Ärger, den hatte Hans dann allein. Er hätte ja nicht machen müssen, was wir ihm gesagt haben. Hätte Nein sagen sollen, er war halt ein richtiger Depp.

Von seinem Vater ist er danach verprügelt worden. Grün und blau hat er ihn geschlagen. Der hat ihn ständig geschlagen, fast täglich. Das war normal. Gewehrt hat sich Hans jedoch nie. Ist dagestanden und hat sich schlagen lassen.

In seinem Verhalten uns gegenüber war er manchmal unberechenbar, aufbrausend. Dann war nichts und niemand mehr sicher. Ein kleiner Funke, einmal in Rage und er ist los, hat alles niedergemäht, wie eine Dampfwalze.

Den Gerold hat er krankenhausreif geschlagen. Der Gerold, das Großmaul, der Angeber. Heute ist er bei der Sparkasse, macht ganz auf seriös. Passt zu ihm. Er war das Gegenteil von Hans, klein, flink wie ein Wiesel, ein richtiger Hansdampf und Spaßvogel. Und Stichler. Von uns allen hat er Hans immer am meisten zugesetzt.

Von Gerold stammte auch das Gerücht, dass Hans den kleinen Buben nachgestiegen ist. Keine Ahnung, ob da was dran war, aber Gerold hat Hans keine Ruhe gelassen. Immer wieder hat er damit angefangen, hat gestichelt. Vielleicht lag Gerold mit seinen Vermutungen gar nicht so falsch, mit Mädchen hatte Hans auf jeden Fall seine Probleme. Wäre logisch, wenn er sich dann an kleine Jungs rangemacht hätte. Ausschwitzen konnte er es ja nicht.

»Wenn Hans doch mal eine Dumme findet, was fragt er sie in der Hochzeitsnacht?«, war einer von Gerolds Lieblingswitzen. »Na, was meint ihr? Ist doch klar: Wie viele kleine Brüder hast du eigentlich?« Gerold hat sich dann immer ausgeschüttet vor Lachen über seinen eigenen Witz. Wir haben mitgelacht, nicht, weil wir den Witz so gut fanden, jeder von uns war froh, dass Gerold seine Witze nicht auf unsere Kosten gemacht hatte.

Hans hat nicht gelacht, er hat Gerold durch das ganze Dorf gejagt. Auf dem Huber-Hof hat er ihn dann erwischt. Wie wild hat er auf ihn eingedroschen. Wir sind dagestanden, haben zugeschaut und nichts gemacht. Wäre nicht der Huber gekommen, wer weiß, vielleicht hätte Hans Gerold erschlagen, so in Rage, wie er war. Aber auch der Huber hat die beiden zuerst nicht auseinandergebracht. Gerold hat geschrien wie am Spieß. Wie eine Sau, die gerade abgestochen wird. Der Huber ist dann rüber zu seinem Traktor, weil er sich nicht mehr anders zu helfen wusste. Mit dem Heugreifer hat er die beiden getrennt. Mit dem Greifer hat er den Kopf von Hans gepackt. Alles ist ziemlich schnell gegangen. Hans war so außer sich, er hat gar nicht gemerkt, wie der Huber mit dem Traktor gekommen ist. Irgendwie hat er den Kopf von Hans zu fassen gekriegt, ihn eingeklemmt und den Greifer nach oben gezogen. Solange, bis Hans einen halben Meter über dem Boden hing. Hans hatte Gerold immer noch im Schwitzkasten. Ließ ihn nicht los, ließ nie los, wenn er einmal einen in der Mangel hatte. Aber diesmal musste er. So viel Kraft hatte selbst Hans nicht. Wie eine reife Pflaume ist Gerold auf den Boden geklatscht, dabei hat er sich das Bein gebrochen. Hans hat getobt und geflucht, hat sich mit den Händen am Greifer festgekrallt. Über dem Löschteich der Feuerwehr hat ihn Huber dann ins Wasser fallen lassen. Vom Greifer hatte Hans am Kopf zwei stark blutende, längliche Wunden, aber das war ihm egal. Er hat sich im Wasser recht schnell beruhigt. Ist rumgeplanscht wie ein kleines Kind, glücklich, im Mittelpunkt zu stehen. Und wir sind alle um den Teich gestanden und haben gegafft. Den Vorfall hat Hans weggesteckt, als ob nichts gewesen wäre. Nur links und rechts hatte er diese beiden Narben. Sah komisch aus, aber das war, so wie er aussah, auch schon egal. Schlimmere Schäden trug er nicht davon, wahrscheinlich war eh nur Stroh in seinem Kopf.

Halt still, verdammtes Vieh! Zappel nicht so rum. Bleib ruhig, ruhig, mein Schöner. Der Hase liegt auf meinem rechten Unterarm, die Vorderläufe halte ich mit der Hand fest. Die Hinterläufe drücke ich mit meinem Ellenbogen leicht gegen meinen Körper. Meine linke Hand streichelt seinen Kopf. Ganz sanft. Mit den Fingern fahre ich an der Außenseite der Ohren entlang. Vom Kopf hoch zur Spitze. Ich mache das mehrere Male. Der Hase hat seine langen Ohren zuerst ängstlich am Kopf und Hals angelegt, dann entspannen sie sich, stellen sich langsam auf, während ich sie langziehe.

Ja, so ist's gut, mein Kleiner. Mein Schöner.

Hasen sind schön. Ihr Fell ist wie Menschenhaar. Sie nerven mich nicht durch Gekratze oder Gebell. Sie schmiegen sich an, sind weich und warm.

Knuffi, mein erster Hase, war der Schönste. Vielleicht weil er der erste war. Vielleicht weil ich ihn bekam, nachdem Mutter weg war.

Ich weiß gar nicht, was für eine Rasse. Er war meiner, nur mir gehörte er. Ihm erzählte ich alles. Er hörte immer zu. Sonst war keiner da, der zuhörte. Er durfte abends mit mir ins Bett. Obwohl er oft reingeschissen hat. Das war egal. Vater war es egal, Sauberkeit war nicht sein Ding. Besonders seit wir alleine waren. Fast jeden Abend soff er sich zu, lag total blau auf der Couch. Stank, lag in seiner Kotze, manchmal hatte er sich sogar eingepisst. Oder er fuhr raus in die Mühle, sperrte sich unten im Bunker ein.

Knuffi hat mir Vater zum achten Geburtstag geschenkt. Keiner hatte an meinen Geburtstag gedacht, kein Geschenk, kein Kuchen, keine Kerzen. War ja auch keiner mehr da, der daran hätte denken können.

»Kurzer, ich hab's wieder vergessen, aber ich muss an so viel denken!«, war sein Spruch, immer wenn's ans Schenken ging. An meinem Achten aber ging er in den Stall und beim Herauskommen hielt er ein kleines Wollknäuel in der Hand. Es war weich und roch gut. War richtig knuffig, deshalb Knuffi.

Nach zwei Jahren kam Vater, nahm den Hasen am Genick und sagte: »Jetzt wird's Zeit, sonst schmeckt er nicht mehr. Komm mit, kannst zuschauen!«

Ich sagte nichts, wusste, es wird passieren. Knuffi war mein Freund, und Vater wollte ihn schlachten.

Der alte Dreschflegel lehnte an der Wand. Ich sehe ihn noch vor mir, wie er an der Wand lehnte, ganz verstaubt. Eine Ewigkeit nicht mehr benützt. Ich wollte ihn nehmen und Vater über den Kopf schlagen. Ich stand aber da wie eingefroren, konnte mich nicht bewegen. Stand da und schaute zu.

Halt still, verdammtes Vieh. Mein Süßer, halt still. Ich halte den Hasen an seinen Löffeln hoch. Meine Handkante saust ins Genick. Kurzes Zappeln, dann hängt er schlaff herunter. Jetzt noch die Schlagader öffnen, das Fell über die Ohren ziehen, Eingeweide raus. Fertig.

Der Anästhesist wird hinzugerufen. Er bespricht mit dem diensthabenden Chirurgen die Situation. Alles läuft schnell, routiniert, wortlos ab. Jeder im Raum ist an seinem Platz, weiß, was er zu tun hat.

Die verschmutzte Oberbekleidung wird aufgeschnitten. Der Stauschlauch um den Oberarm befestigt. Die Venen treten hervor. Die Einstichstelle wird mit Alkohol abgetupft. Die Braunüle durch die Oberhaut in die Vene gestoßen. Die Metallnadel mit einer leichten Drehung etwas zurückgezogen. Der Venenkatheter, der die Nadel umhüllt hat, verbleibt in der Vene. Der Trokar wird vollständig herausgezogen. Blut läuft aus der Verweilkanüle, das ist der Beweis, dass die Braunüle richtig sitzt. Der Infusionsschlauch wird angeschlossen, die Infusionslösung tropft schnell in den Kreislauf der verletzten Person.

Währenddessen wurde der Kopf nach hinten überstreckt. Der Mund geöffnet, der Intubationsspatel eingeführt. Der Spatel drängt die Zunge zur Seite, lädt den Kehldeckel auf. Nun kann der Kehlkopf gut eingesehen werden. Der Tubus wird durch die Stimmlippen hindurch bis in die Luftröhre geschoben, dort geblockt. Der Beatmungsschlauch wird auf den Tubus gesteckt. Verbunden mit dem Narkosegerät atmet der Patient nicht mehr selbstständig. Die Maschine sorgt für eine regelmäßige, tiefe Atmung.

Der Chirurg hat zeitgleich den mittlerweile nackten Körper untersucht. Er nimmt die letzten noch verbliebenen Wundkompressen ab. Die große Bauchwunde wird sichtbar. Überall verkrustetes Blut. Mit den Händen spreizt der Arzt vorsichtig die Wundränder. Weißgelbliche Fettzellen, dazwischen glänzendes Gewebe. »So ein Mist, Kinder! Die Bauchhöhle ist eröffnet. Das wird was Größeres!«

Im Zimmer ist es auf einmal ganz still. Der Regen hat aufgehört, auf das Dach zu trommeln. Ich stehe auf, gehe hinüber zum Fenster, blicke nach draußen. Der Himmel hat sich etwas aufgeklart. Die Glasscheibe ist blind, der Kitt brüchig. Aus Langeweile versuche ich mit den Fingernägeln, den Kitt aus dem Rahmen zu kratzen, Stückchen für Stückchen. Das Fenster ist ein altes Doppelglasfenster. Im Haus meiner Großmutter waren die Gleichen. In der Mitte konnten sie zum Putzen geöffnet werden. Ein kleiner Haken oben und unten und sie lassen sich teilen. So aufgeklappt fand man in ihnen gegen Ende des Winters immer Marienkäfer, die hier geschützt vor der Kälte auf den Frühling warteten. Ich gehe wieder zurück zum Bett, lasse mich einfach nach hinten auf die Matratze plumpsen, federe kurz nach und bleibe liegen. Ich starre die Decke an. Warte. Nach einer Weile setze ich mich auf, die Knie angewinkelt, die Beine ganz nah an den Oberkörper gepresst, meine Arme um die Unterschenkel geschlungen sitze ich da. Ich fange an, vor mich hin zu summen und im Takt mit meinem Oberkörper zu wippen, es vergehen einige Minuten, ehe ich es bemerke. Mir fallen sofort die Affen im Zoo ein, wie sie, hinter den Glasscheiben sitzend, mit den Oberkörpern hin und her wippen, oder die Raubkatzen in ihren Gehegen, wie sie den ganzen Tag auf und ab laufen, wieder und wieder. Wann werde ich anfangen, im Raum auf und ab zu laufen? Ich höre auf zu wippen, strecke meine Beine wieder gerade aus, mit den Ellenbogen stütze ich mich im Bett ab. Halb sitzend, halb liegend sehe ich mich um, schaue auf den Boden, das Bett, bis mein Blick schließlich an den Zehennägeln hängen bleibt. Meine Nägel sind rot lackiert, waren rot lackiert. Die Farbe ist an den Rändern bereits abgesprungen. Etwas mehr von dem roten Nagellack ist noch an den beiden großen Zehen. Links mehr als rechts. Belaste ich beim Laufen den rechten Fuß stärker als den linken? Oder warum sollte hier der Lack mehr in Mitleidenschaft gezogen sein? Vielleicht sitzt der Schuh fester? Die Ränder der roten Flecken sind gezackt, die Farbe knallrot. Die Farbe ist zu grell. Sieht irgendwie billig aus. Und dann auch noch abgeplatzt! Schlampig! Passt gar nicht zu mir. Ein Ton dunkler würde mir besser stehen. Ich müsste mir mal einen anderen Lack zulegen.

Auch meine Fingernägel sind ekelhaft. Schon wieder hat sich ein dunkler Streifen unter den Nagelrändern gebildet. Ich hole das Messer vom Tisch, setze mich wieder auf das Bett. Im Schneidersitz versuche ich, mit dem abgebrochenen Küchenmesser den schwarzbraunen Schmutz und die Lackreste wegzukratzen. Durch die scharfen Bruchkanten klappt es ganz gut: Der Lack lässt sich schön abschaben, springt in kleinen Stückchen ab. Auch den Dreck unter den Nägeln bekomme ich mit dem Messer heraus. Ich fummle an den Zehennägeln herum, bis meine Füße einschlafen und kleine rote Lacksplitter überall auf dem Betttuch verteilt liegen. Was mache ich jetzt mit dem Messer? Wasser zum Abwaschen fehlt. Ich ziehe den Zipfel des Betttuchs an der unteren Kante aus der Matratze hervor und wische das Messer daran ab.

Könnte sauber sein. Ich rieche daran, es ist der typische Unter-dem-Nagel-Geruch. Angewidert schubse ich das Messer unters Bett.

Das Essen steht auf dem Tisch wie gestern. Diesmal keine Brötchen, nur vier Scheiben Schwarzbrot. Nicht mal frisch! Eine Sorte Wurst, etwas Käse, keine Marmelade. Die Milch riecht frisch, ein ganzer Liter. Das ist wohl ab jetzt meine Tagesration. Zu wenig für einen ganzen Tag! Aber wen interessiert es? Mit den Fingerspitzen schiebe ich den Teller hin und her. Ich habe keinen Appetit, vielleicht später.

Über den Tisch krabbelt langsam die fette Fliege. Läuft ein kleines Stück, bleibt stehen, läuft weiter, bleibt wieder stehen, putzt sich, läuft weiter. Mit dem Rüssel tastet sie die Oberfläche des Tisches ab, bis sie einen Brotkrümel findet. Sie macht sich über den Krümel her. Ich gehe mit dem Gesicht so nah wie möglich an die Fliege heran, beobachte neugierig, wie sie mit ihrem Rüssel den Krümel abtastet. Die Verdickungen am unteren Ende des Rüssels sehen aus wie Lippen. Sie stülpt die Lippen über den Krümel. Haben Fliegen überhaupt Lippen? Immer wieder zieht sie den Rüssel zurück, um ihn erneut auszufahren. Es scheint sie nicht im Geringsten zu stören, dass ich sie dabei betrachte, ganz nah mit meinem Gesicht an sie heranrücke. Sie ist hier in diesem Raum eingesperrt genau wie ich, sie ist meine Mitgefangene. Hallo Mitgefangene! Was können wir machen, um hier rauszukommen? Du könntest durch die Scheibe, wenn ich sie einschlage, ich nicht. Meine Mitgefangene hat sechs Beine, einen haarigen schwarzen Körper und Riesenaugen. Soweit ich aus dem Biologieunterricht noch weiß, Facettenaugen. Damit sieht sie alles tausendfach, oder auch nicht ganz so oft, ich war in Biologie nie eine Leuchte. Ein unruhiger Geselle. Sie lässt ab von ihrem Brotkrümel und fliegt durch den

Raum. Bleibt an der Decke sitzen, läuft ein Stück quer über die Decke. Hebt ab, lässt sich erneut auf dem Tisch nieder. Fängt an sich zu putzen. Eines der vorderen Fliegenbeine fährt ständig über ihre Augen. Die Bewegung wirkt irgendwie abgehackt. Können Fliegen ihre Augen eigentlich bewegen, womöglich in unterschiedliche Richtungen, wie ein Chamäleon? Jetzt streckt sie einen der Flügel. Dabei reckt sie einen Lauf aus, steht nur noch auf fünf Beinen, dann den anderen. Ganz schön beweglich, diese Kleine. Danach hebt sie wieder ab. Sie setzt sich auf meinen Arm. Mit einer kleinen, kaum wahrnehmbaren Bewegung verscheuche ich sie. Sie lässt sich nicht verscheuchen, kommt wieder, setzt sich auf meinen Arm. Du bist ganz schön hartnäckig. Ich halte still, spüre ihre Beinchen auf meiner Haut, ganz leicht. Sie tastet die Haut mit dem Rüssel ab. Leckt mit dem Rüssel das Salz. Das kitzelt. Du beginnst mich zu nerven, kleine Mitgefangene. Ich verscheuche sie, indem ich mit Armen und Händen hin und her fuchtele. Sie stört sich nicht daran, wird immer dreister. Setzt sich sogar mitten in mein Gesicht. So nicht, meine Freundin! Sie hebt wieder ab, zieht ihre Runden. Ich hole das Handtuch und schlage mehrfach ins Leere. Wie ein Idiot verfolge ich die Fliege, das Handtuch wild schwingend, durch den Raum. Dabei fällt der Tetrapak um, die Milch läuft aus der Packung, ergießt sich über den Tisch. Bis ich die Verpackung greifen kann, ist der Inhalt halb ausgelaufen. Eine große weiße Lache auf dem Tisch, langsam breitet sie sich zur Tischkante hin aus. Läuft schließlich über die Kante, ein dünner Strahl rinnt zu Boden. »Na warte, Miststück!« Die Fliege läuft durch die Milchpfütze über den Tisch. Eigentlich läuft sie über die Oberfläche hinweg. Ich schlage nach ihr, versuche sie mit meinem Handtuch zu erledigen. Sie weicht geschickt sämtlichen Schlägen aus. Fliegt hoch. Ich schlage wie wild um mich, ohne mein Ziel im Auge zu haben, schlage einfach darauf los. Das Handtuch schnalzt durch die Luft. Einer dieser Hiebe hat Erfolg. Plötzlich liegt sie vor mir auf dem Tisch. Neben der Milchlache. Liegt einfach da. Direkt vor mir! Neugierig betrachte ich mein Opfer. Zuerst liegt sie da wie tot, auf dem Rücken, die Beine angewinkelt. Ich puste dagegen. Die Beinchen fangen an zu zappeln. Mein Pusten hat ihr den Odem des Lebens erneut eingehaucht. Sie rappelt sich wieder auf, zaghaft, dreht sich vom Rücken auf die Beine, fängt an zu laufen. Sie sieht komisch aus, der linke Flügel steht weit ab und ragt schräg in die Luft. Sie kann ihn nicht mehr anlegen. Der andere Flügel schleift am Boden. Lädiert läuft sie im Kreis. Hast wohl die Orientierung verloren? So, meine Kleine, jetzt ist es vorbei, du kannst mich nicht mehr nerven. Du nicht, Miststück! Sie versucht zu fliehen, tappt erneut in die Milch. Sie zieht eine weiße, schlängelnde Spur. Ich sehe ihr lange zu, bis sie anfängt mich zu langweilen und ich ihrer überdrüssig werde. Das war's dann wohl, meine Süße! Ich schnippe die Fliege mit dem Zeigefinger weg.

Ich habe Durst, trinke aus dem Tetrapak. Ich neige meinen Kopf nach hinten, lasse die Milch aus der Packung direkt in meinen weit geöffneten Mund laufen und schlucke sie gierig hinunter. Ein feiner Faden Flüssigkeit läuft aus meinem Mundwinkel langsam über das Kinn den Hals hinab. Ich setze die leere Packung ab und wische mir mit dem Handrücken über Mund und Hals. Der kleine Rest hat nicht gereicht, meinen Durst zu stillen. Ich glotze auf die Flüssigkeitsansammlung auf dem Tisch. Ein riesiger Milchsee, den die blöde Fliege verursacht hat. Gut, sie hat es gebüßt. Aber ich büße nun auch! Ich habe Durst, schrecklichen Durst. Ich wende meinen Kopf nach links und nach rechts, ich weiß, ich bin alleine im Zimmer, aber ich sehe mich dennoch um. Es wäre mir peinlich, beobachtet zu werden und es nicht zu wissen. Vielleicht hat der Typ im ganzen Raum Kameras aufgestellt! Ich bin das Versuchskaninchen einer neuen perversen Fernsehserie. Nach dem Motto: Was macht jemand, entführt, eingesperrt in einen Raum? Und das heimlich durch eine Kamera beobachtet. Eine irre Fernsehsendung, zu Hause vor der Glotze sitzen Familien in Trainingsanzügen, naschen Chips und schließen Wetten darauf ab, was ich als Nächstes tun werde. Ich bücke mich über den Tisch. Wenn ich die Lippen spitze, kann ich den Milchsee berühren. Eine Haarsträhne löst sich, fällt hinein. Ich fische sie heraus, streife meine Haare nach hinten, halte sie fest. Mit beiden Händen halte ich sie fest und beginne mit gespitztem Mund die Flüssigkeit einzusaugen. So, jetzt bekommt ihr da draußen vor der Glotze was zu sehen! Ich schlürfe laut, halte inne, um zu verschnaufen, und horche, ob nicht doch irgendwo ein Geräusch auf eine Kamera oder einen heimlichen Zuhörer hinweist. Niemand da. Tja, meine lieben Zuschauer, da ist euch ja richtig was entgangen! Ich sauge den ganzen Tisch ab. Geschafft! Meine Lippen fühlen sich durch die Vibrationen pelzig an, als hätte ich stundenlang Trompete gespielt oder Luftballons aufgeblasen.

Was war das für ein Geräusch? Ein Rumoren und Rumpeln von unten. In der Nähe der Treppe?

Ich starre auf die Falltür. Kein Knarren der Treppe, niemand steigt herauf. Die Tür bleibt verschlossen. Wieder Schritte, laute klackende Geräusche, die Schritte entfernen sich, kommen wieder.

Auf Zehenspitzen gehe ich zur Tür und knie mich vorsichtig hin. Ganz vorsichtig, um ja kein Geräusch zu machen, krabble ich auf allen Vieren zur Falltür. Beuge mein Gesicht langsam hinunter zur Ritze, bis meine Augenbrauen das Holz berühren.

Da ist jemand! Ich sehe nur einen an den Hinterläufen gepackten Hasen und den Arm, der ihn hält. Der Rest ist außerhalb meines Blickfeldes. Der Hase ist vermutlich tot, nein, plötzlich zappelt er, mehrmals geht ein kurzes kräftiges Rucken durch seinen Körper. Dann hängt er wieder schlaff nach unten. Ich habe mich wahnsinnig erschreckt, Gott sei dank aber rechtzeitig die Hand vor den Mund gehalten, um nicht zu schreien. Der da unten soll nicht merken, dass ich ihn beobachte.

Los, Mann, geh endlich einen Schritt nach links. Ich höre Klirren und Klappern von Metallgegenständen. Er scheint in dem Regal neben der Eingangstür etwas zu suchen.

Er geht einen Schritt vor, sein Körper schiebt sich ins Bild. Von draußen fällt helles Tageslicht auf ihn und verstärkt seine markanten Gesichtszüge. Die Haare kurz geschoren und beidseits, beginnend an der Schläfe, ein kahler Streifen, der übers Ohr reicht. Ein schmaler Streifen ohne Haare, wie rasiert. Wer rasiert sich am Kopf Streifen?

Er dreht sich um, geht ins Freie, nichts ist mehr zu hören. Stille. Ich schaue weiter durch die Ritze, warte. Lange geschieht gar nichts. Irgendwann tun mir die Knie weh und ich schlurfe zum Bett und starre wieder hoch zur Decke. Warum bin ich hier? Warum ich? Warum nicht der Chef? Der hat den Schlüssel zum Safe, und außerdem wäre es um diese Schwabbelbacke nicht schade. Aber vielleicht geht es dem Kerl gar nicht ums Geld? Er muss mich beobachtet haben, in meiner Wohnung gewesen sein. Warum hat er das Bild? Er kann es nur aus meiner Wohnung gestohlen haben! Wer ist der Typ? Vielleicht war er schon einmal in unserer Firma. Aber da gehen täglich so viele ein und aus. Gerade von seiner Sorte, mit rasiertem Schädel und Armeesachen. Die meisten wollen mit dem Chef irgendein krummes Geschäft mit geklauten Autos machen. Offiziell wissen wir in der Firma von nichts, aber ich bin doch nicht blöd. Ich halte meine Augen offen.

Diese seltsame Frisur, zwei Streifen am Kopf. Das wäre mir schon aufgefallen. Welcher Idiot macht sich solche Streifen ins Haar? Vielleicht ein Geburtsfehler oder eine Verletzung. Nur ein Dorftrottel wie Hans würde so herumlaufen.

Mein Gott – das sind Narben! Ein Unfall! Nein, nein, das kann nicht sein, das darf nicht sein, das gibt's nicht!

Die Verletzungen am Kopf durch den Heulader! Zwei blutige Streifen durch die Greifarme! Hans, der Dorftrottel, der den kleinen Kindern nachstieg.

Hans, der Joachim als Letzter lebend sah. Vermutlich sein Mörder, aber keiner hat's gesehen. Ich hab der Polizei nur gesagt, dass Hans als Letzter bei ihm war, sonst nichts. Nein, nein, nie hab ich ihn als Mörder bezeichnet, zumindest nicht vor der Polizei. Natürlich waren alle von seiner Schuld überzeugt, wer soll's denn sonst gewesen sein, etwa ich, seine eigene Schwester? Sie haben ihn damals gleich mitgenommen, jeder wusste, wie aggressiv Hans werden konnte. Einen solch grausamen Mord konnte man nur ihm zutrauen.

Was ist aus ihm geworden? Sie haben ihn für verrückt erklärt. Lebenslänglich in der Nervenheilanstalt. Er war eine Gefahr für die Allgemeinheit. Mehr weiß ich nicht darüber. Es war ja alles klar, was sollten wir noch groß darüber sprechen. Tot ist tot und richtig gemocht hat Joachim auch keiner. Selbst unsere Stiefmutter war bald wieder froh, er war allen nur eine Last.

Kann Hans entlassen worden sein? Lebenslänglich bedeutet nicht mehr ein Leben lang. Er hat mich gefunden, das war nicht schwer. Weit bin ich nicht gekommen, eben in die nächste Kreisstadt. Und dann laufe ich ihm beim hiesigen Gebrauchtwagenhändler über den Weg. Nein, schwer war's nicht, mich zu finden. Er brauchte sich nur im Dorf umzuhören, die meisten Bekannten und Verwandten leben immer noch dort.

Aber was will er von mir? Wegen meiner Zeugenaussage sicherlich: Hans war als Letzter bei ihm. Jetzt sitze ich in der Klemme. Der will sich rächen. Der ist verrückt.

Ich gehe im Zimmer auf und ab. Ich möchte nicht darüber nachdenken müssen, was damals geschehen ist. Ich drücke meine Fäuste immer wieder gegen meine Stirn. Ich war noch ein Kind, da denkt man nicht so genau nach, was man sagt, was man tut. Man tut viel und will es danach nicht getan haben. Mir tut es ja leid, wenn er an dem besagten Tag doch nicht bei Joachim war. Hans war der, dem man die Sache zutraute. Ich hab nur laut gesagt, was alle dachten. Jeder im Dorf! Jeder!

Verdammte Scheiße! Wie soll ich aus dieser Sache wieder herauskommen?

Unendlich viele Jahre in der Klapsmühle, und wer war schuld? Die kleine Monika! Die hat doch vor Gericht ausgesagt! Immer wieder hat er damals vor Gericht beteuert, dass er unschuldig sei, nichts gemacht habe. Ist dagesessen und hat es wieder und wieder gesagt. Nichts anderes war aus ihm herauszubekommen. Nur: Ich war's nicht. Keiner hat ihm geglaubt. Da war doch meine Aussage. Die Schwester des Toten lügt doch nicht.

Wenn er unschuldig war, das frisst sich doch ein, Jahr für Jahr. Immer tiefer, und dann kommt der Hass auf denjenigen, der einen unschuldig hinter Schloss und Riegel gebracht hat. Ist doch logisch! Der wird größer und größer und entlädt sich dann beim ersten Wiedersehen. Plötzlich, bumm! Er lässt mich zappeln! Wer weiß, was er mit mir noch vorhat. Die Prügel, die ich einstecken musste, sind vermutlich nur der Anfang.

Ich muss raus hier.

Vielleicht kann ich doch das Türschloss knacken? Mit dem abgebrochenen Messer.

An der Stelle, bei der beim letzten Versuch der metallene Widerstand auftrat, stößt das Messer diesmal ins Leere. Ich kann es nicht glauben, die Tür ist nicht verschlossen! Hab ich ein Glück. Jetzt bloß keinen Fehler machen. Alles ganz vorsichtig, nur kein Geräusch! Ich ziehe an der Tür, sie lässt sich einen Spalt öffnen. Ziehen ist einfacher als nach oben Drücken.

Ich verharre einen Augenblick. Die Stiege ist leer, keiner ist im Erdgeschoss zu sehen. Ich bin ganz still, halte den Atem an, lausche. Außer einer zirpenden Grille ist nichts zu hören. Ein kühler Luftzug. Nichts.

Ich ziehe weiter mit aller Kraft, öffne die Tür ganz, lehne sie langsam und vorsichtig an die Wand, ohne jedes Geräusch. Erst mit den Zehenspitzen des linken Fußes auf die erste Stufe, dann langsam den Fuß abrollen, bis ich auf der ganzen Fußsohle stehe. Schritt für Schritt. Ein modriger Geruch steigt mir in die Nase. Nach einigen Stufen bücke ich mich und luge unter dem Türrahmen in den großen Raum. Die Tür am Ende des gemauerten Sims ist ganz geöffnet. An der geöffneten Tür hängt ein kleiner Körper, die Arme gespreizt. Wie von einem Baby. Die Konturen zeichnen sich klar ab, er selbst liegt im Schatten. Ich habe meine Augen weit aufgerissen, starre auf den Leib, nehme die letzten Stufen, ohne den Blick von ihm zu lösen. Ich betrete den Sims. Gehe darauf zu, wage kaum zu atmen. Meine Schritte werden kleiner. Beim Näherkommen nimmt der Körper immer mehr Gestalt an. Keine Haut, nur blassrotes Muskelfleisch ist zu erkennen. Kopf und Füße sind abgetrennt. Ich merke, wie sich mein Hals mehr und mehr zuschnürt, mir wird übel, nur ein Schritt zur Wand, mit den Händen abgestützt, schon kotze ich im Schwall an die Mauer. Ich lasse mich auf den Boden sinken. Einen Meter neben mir steht eine flache Blechwanne. Darin liegen das blutverschmierte graue Fell und der abgetrennte Kopf des Hasen.

Das alles ist so ekelhaft, ich muss schleunigst weg von hier!

Ich rapple mich auf, werfe noch einen Blick auf den gehäuteten Hasen, drehe mich um und laufe zur gegenüberliegenden Tür. Kein Blick nach links, nach rechts. Nur geradeaus. Über die Türschwelle. Die Sonne blendet mich kurz, verschwindet gerade hinter den Baumwipfeln. Über die Holztür. Zuerst vorsichtig, langsam, darauf bedacht, kein Geräusch zu verursachen, werde ich nun schneller. Am Teich entlang. Durchs Gestrüpp. Ich renne. Achte nicht auf Ranken, die sich in meiner Bluse verhaken, sie einreißen. Der Weg, nach links oder rechts? Rechts oder links? Wo bin ich aus dem Auto gestiegen, rechts oder links? Verdammt, mein Orientierungssinn! Mach schon, denk nach!

Ich kann mich nicht konzentrieren, ich weiß es nicht. Verdammt! Also dann in irgendeine Richtung. Rechts, links, Kopf oder Zahl. Nach links! Die ersten Meter laufe ich noch, dann geht mir die Puste aus. Ich hab Seitenstechen, stütze mich auf den Knien ab, atme keuchend, hab keine Kraft mehr. Gehe trotzdem weiter und weiter. Es wird immer dunkler. Wenn ich auf meine Schuhe sehe, heben sie sich kaum mehr vom Boden ab. Der Weg wird schmaler, ein Fuhrweg mit zwei ausgefahrenen Spuren. In der Mitte Gras, ich wechsle auf eine der Fahrrinnen. Sie ist mit zerbrochenen Dachschindeln und Steinen verfüllt, die Schritte klingen lauter und heller als auf dem festen Belag. Der Himmel ist kaum bewölkt, fahles Mondlicht, schwarze Büsche am Wegesrand.

Die Nacht ist nie ganz schwarz, durch das Licht des Mondes sehen alle Sträucher aus, als ob ein Tier oder anderes Lebewesen darin steckt oder sich dahinter versteckt. Ich weiß, dass das Unsinn ist. Um diese Zeit ist keiner draußen, und gefährliche Tiere gibt's nur im Zoo, nicht hier. Dennoch habe ich Angst.

Der Fuhrweg wird schmaler, der Mittelstreifen verschwindet, von der Straße ist nur noch ein Weg übrig, der in den Wald abbiegt und sich in Serpentinen nach oben auf eine Anhöhe schlängelt.

Jetzt ist es klar, ich bin gleich zu Beginn in die falsche Richtung abgebogen. Die Stadt liegt in der anderen Richtung. Ich bin so blöd, wie kann man nur so dumm sein? So dämlich!

Frustriert und erschöpft setze ich mich auf den Weg. Meine Beine tun weh, mein Rücken schmerzt und mir ist kalt. Mein Mund ist trocken, ich bin durstig. Ich sitze da und schaue zum Mond. Mir ist zum Heulen. Höre ich ein Plätschern? Wenn ich ganz still bin und mich auf die gegenüberliegenden Büsche konzentriere, glaube ich ein Plätschern zu hören. Ein kleiner Bach? Eine Quelle? Die Erschöpfung ist verschwunden, ich springe auf und wühle mich durch das Buschwerk, taste den staubigen Boden ab, nichts! Ich bleibe durstig!

Ich schlage mich durch das Buschwerk zurück zum Weg. Meine Augen haben sich schon so an die Finsternis gewöhnt, es macht mir keine Mühe. Enttäuscht und müde setze ich mich wieder auf den Weg. Ich bin am Ende, ich kann nicht mehr. Ich sitze da, die Beine angezogen, meine Arme um sie gelegt, und schaue zum Mond. Der Himmel ist sternenklar. Hunderte von leuchtenden Punkten am Firmament. Ich weiß nicht, wie lange ich nach oben blicke, ich sitze nur da. Meine Augen füllen sich mit Tränen, und ich fange hemmungslos an zu heulen. Ich schreie und schluchze, schlage wie eine Verrückte mit den Fäusten immer wieder auf den Boden. Ich weine aus Angst, vor Wut. Mit der Zeit werde ich ruhiger, meine Tränen trocknen und ich sitze nur noch da, kraftlos, schaue nach oben und denke an nichts. Ich muss aufstehen, ich muss weiter. Okay, gut, also zurück, ehe ich hier draufgehe! Ich muss zurück zum Haus und von dort versuchen, den richtigen Weg zu finden. Bleibt mir nichts anderes übrig, entweder verdursten oder zurück zum Ausgangspunkt und von da in einer anderen Richtung weiter. Ich stehe schwerfällig auf. An einem Strauch direkt neben mir sind ein paar Beeren. Im Mondlicht sehe ich sie als kleine schwarze Kugeln. Ich pflücke eine Handvoll, nicht viele. Schiebe mir hastig vier, fünf auf einmal in den Mund. Der Geschmack ist leicht süßlich, fruchtig. Die Früchte sind voller Samen. Ich schlucke. Im Nachgeschmack sind sie bitter. Ich spucke aus. Mein Mund ist jetzt noch trockener und pelziger als zuvor. Die restlichen Beeren werfe ich weg.

Sahen die Büsche zuvor mehr oder weniger wie gefährliche Tiere aus, erscheinen sie mir jetzt als menschliche Wesen. Es kommt mir vor, als würden sie mich beäugen, als säßen sie erhöht, wie in einer lang gestreckten Theaterloge. Sie starren mich an. Sie sitzen da, in altmodischen Gewändern. Die einen glotzen mich an, mit dem Opernglas am Auge, wieder andere stehen, kopfnickend, mit einem Sektglas in der Hand. Durch den Durst und die Erschöpfung fange ich schon an zu halluzinieren. Aber ich sehe ganz deutlich, wie sich bei meinem Vorübergehen einer der Theaterbesucher weit über die Brüstung lehnt. Ich habe Angst, er lehnt sich zu weit vor, fällt vornüber. Er berührt mich, von einigen Zuschauern kann ich den Atem spüren. Sie feuern mich an. Ihre Rufe werden lauter, die meisten, freudig erregt, rufen mir aufmunternde Worte zu. Die Ränge füllen sich immer mehr, ein Gedränge und Geschiebe. Die Geräuschkulisse nimmt zu.

Klirren von Gläsern. Die Unruhe des Publikums geht zunächst in ein Raunen und Gemurmel über, dann in ein Rufen, steigert sich zum Geschrei. Ich halte mir die Ohren zu, der Lärm ist fast unerträglich. Mein Herz rast.

Lauf weiter. Mein Atem ein Keuchen. Immer weiter, durch das Dickicht. Rechts von mir sehe ich Lichter, gleich kommt die Abzweigung zur Mühle.

Jetzt stehen sie Spalier, ich muss mich durch die Menge drängen. Ich sehe ihre erhitzten Gesichter, rote Wangen, glänzende Augen, sehe sie lachen, die Münder weit offen. Sie prosten mir zu. Ihre Hände greifen nach mir, berühren meine Arme, meine Schulter. Ich kann die Wärme der eng beieinander stehenden Körper spüren. Die Luft riecht verbraucht, beißend. Ich sehe das Haus. Das Publikum steht dicht gedrängt im Halbkreis. Es weicht vor mir zurück und gibt den Weg für mich frei. Jetzt stehe ich am Rand der Bühne, der Kreis der Zuschauer hat sich wieder hinter mir geschlossen. Ich blicke mich um, das Bühnenbild, eine verfallene alte Mühle, durch kleine Fenster dringt Licht nach außen. Die Tür ist etwas geöffnet. Ich sehe noch mal zum Publikum. Kein Laut ist mehr zu hören, die Menge erstarrt. Die Menschenwand geht langsam, lautlos auf mich zu. Ich laufe zur Tür. Die Metalltür klemmt, lässt sich nicht weiter öffnen, ich muss mich hindurchzwängen.

Ich gehe durch die Tür, die Bühne dreht sich und ich stehe in einem neuen Bühnenbild. Neben dem Sims ragen, an langen Nägeln hängend, Lampen aus der Mauer. Sie werfen Lichtkegel auf das steinerne Pflaster. Mein Blick wandert von einem der Kegel zum anderen. Hinter dem letzten Lichtkegel steht jemand im Halbdunkel vor einer geschlossenen Tür. Ich gehe auf ihn zu. Jetzt scheint er mich zu bemerken und fährt herum. In der einen Hand hält er ein Messer mit geschwungener

Klinge, in der anderen ein rotgraues, schlauchiges Gebilde. Er lässt los, es fällt mit einem klatschenden Geräusch zu Boden. Dunkle breiige Masse quillt heraus, bildet einen kleinen See, der sich ausbreitet, die Ritzen zwischen den Steinen ausfüllt. Weiterläuft, sich langsam auf die angrenzenden Steine vorschiebt.

Ich sehe nach oben. Dort baumelt ein ausgeweideter Körper, ein dünner Faden Blut rinnt unten heraus. Die Hand mit dem Messer hängt kraftlos herab.

Er ist ein Mörder, er hat ihn ermordet. Wie ein Tier geschlachtet und ausgeweidet. Ich hatte Recht, er war es, er hat ihn ermordet.

Mein Gott, was ist mit der? Die Haare zerzaust, das Gesicht knallrot, geschwollen und zerkratzt. Alles verdreckt. Zum Fürchten. Sie muss durch den Wald gelaufen sein. Den Weg habe ich abgesucht. Da war sie nicht. Mit dem Fiesta bin ich zurück bis zur Straße gefahren, ganz langsam. Immer wieder bin ich stehen geblieben, hab links und rechts den Wald abgesucht. Nichts. Ich hatte angefangen mich damit abzufinden, dass sie abgehauen ist. Wo hätte ich sie sonst noch suchen sollen? Quer durch den Wald laufen bringt nichts. Zumindest nicht alleine. Sie hätte überall sein können. Ich hätte nie gedacht, dass ich sie so schnell wiedersehe. War ja auch zu dämlich von mir, das Geschirr die Treppen runterzutragen und dann das Zusperren zu vergessen. Scheint in der Familie zu liegen. Vater hatte auch einmal vergessen abzuschließen. Wie es aussieht, machen wir in unserer Familie immer wieder dieselben Fehler. Mutter kam auch zurück. Glück gehabt.

Aber irgendetwas stimmt mit der nicht. Ist die betrunken? Sie steht breitbeinig da und trotzdem torkelt sie herum, kann sich kaum aufrecht halten. Sieht aus, als würde sie das Gleichgewicht verlieren und nach vorne überkippen. Mensch, Mädel, reiß dich zusammen!

Die Augen weit aufgerissen, sie funkeln schwarz, der Blick irre. Sie steckt den Arm ganz weit nach vorne und deutet mit dem Zeigefinger auf mich. Ich sehe unwillkürlich auf den Finger, der schwankt hin und her. Jetzt macht sie den Mund auf, und – sie bekommt kein Wort heraus. Auch ich steh da und glotze sie an. Wie sie vor mir steht mit offenem Mund, erinnert sie mich an eine Kröte. Mädel, wenn du weiter nur einatmest, wirst du platzen. Wie die Kröte mit der brennenden Zigarette im Maul. Bumms und weg ist sie, zerrissen in tausend Stücke.

Sie fängt an, etwas vor sich hin zu murmeln. Erst leise, ich kann es nicht verstehen, höre nur Gebrummel und sehe, wie sie die Lippen bewegt. Dann wird sie lauter. Mein Gott, was will die? So blöd wie ein Stück Scheiße, erst abhauen und dann wieder zurückkommen. Und jetzt steht sie da und faselt wirres Zeugs. Die hat sie doch nicht mehr alle. Ich versteh nur »Du Bastard!« und »Brudermörder!«. Sie wird immer lauter, brüllt: »Zu Recht gab ich der Polizei deinen Namen.« Wie sie das sagt ... »Ich zweifelte an mir, glaubte schon an meine eigene Schuld.« Als würde sie Theater spielen ... »Aber du warst es, du, nur du. Du!« Alles so unecht, so künstlich. »Jahrelang schlechtes Gewissen, nur deinetwegen, du Nichtsnutz.«

Dann bricht sie völlig zusammen. Heult, schreit, schluchzt. Die ist total durchgeknallt.

»Halt deine Schnauze jetzt, sonst knallt es!«

Sie hört nicht mehr auf, brüllt mich weiter an, schreit wie wild immer das gleiche Wort: Du Bastard! Sie läuft los, rennt auf mich zu. Ihr Körper bebt, weit holen die Arme aus. Was will sie? Ist die noch ganz sauber? Die spinnt.

Sie hat die Augen geschlossen.

Sie läuft in meine Faust.

Ich liege da, auf dem Bauch, ausgestreckt, unter mir kalter Betonboden. Modriger Kellergeruch. Ich fühle mich elend. Meine Arme und Beine sind zerkratzt. Die Schürfwunden brennen. Mein Kopf schmerzt. Er hat mich an den Haaren die Treppe herunter in den Keller geschleift. Jede Haarwurzel tut weh. Mein Mund ist trocken, die Zunge fühlt sich dick und geschwollen an, zähflüssiger Speichel verklebt meinen Mund. Ich brauche etwas zu trinken. Schwerfällig rapple ich mich auf. Sehe mich um. Eine Petroleumlampe hängt an dem Haken neben der Eisentür, bringt etwas Licht ins Dunkel. Ich rüttle an der Türklinke, die Tür lässt sich nicht öffnen. Vielleicht gibt es noch einen anderen Ausgang? Ich nehme die Lampe vom Haken, sehe mich weiter um. Ein lang gestrecktes Kellerverlies. Mit zwei weiteren ineinander übergehenden Räumen. Im letzten Raum steht ein altes Eisengitterbett. Das ist alles. Kein weiterer Ausgang, kein Fenster. Ich setze mich auf das Bett, starre vor mich hin. Diesmal hat er mich nicht ins Bett gelegt, ausgezogen und zugedeckt. Der lässt dich hier verrecken. Das Schwein lässt dich hier verrecken! Der Gedanke macht mich so wütend, ich springe auf, nehme die Lampe, laufe vor zur Eisentür.

Ich hämmere mit der Faust an die Tür. Bis die Knöchel schmerzen, schlage weiter mit der flachen Hand. »Du Schwein! Lass mich hier raus! Ich will raus! Hörst du! Mach auf!«

Ich fange an zu heulen, Rotz und Tränen laufen über

mein Gesicht. Ich lasse mich an der Tür zu Boden gleiten, bleibe auf dem Beton sitzen und heule weiter. Ich heule vor Wut, ich heule vor Schmerz. Die ganzen letzten Tage hatte ich versucht mich zusammenzureißen, mich nicht gehen zu lassen, und nun platzt es aus mir heraus. Ich kann nicht aufhören zu weinen.

Erst nach ein paar Minuten werde ich ruhiger. Meine Gedanken sind plötzlich seltsam klar. Wie komme ich hier raus? Er wollte doch den Schlüssel. Damit hat alles angefangen. Er wollte Geld, den Schlüssel zum Tresor. Das ist es, damit muss ich ihn ködern. Mit Geld vergisst er die Vergangenheit, vergisst, dass er sich an mir rächen will. Es wundert mich, dass er sich mit seinem Spatzenhirn überhaupt so lange zurückerinnern kann.

Gut, also, versuch dein Glück. Es muss noch eine Chance für mich geben. Vielleicht meine letzte.

Wie packe ich es an? Bis jetzt habe ich immer nur aus dem Bauch heraus gehandelt, immer nur reagiert. Und jedes Mal saß ich tiefer in der Scheiße. Ich brauche einen Plan, eine Strategie. Klingt gut, bloß, was mach ich jetzt?

Punkt 1: Er darf nicht wissen, dass ich weiß, wer er ist. Also keine Rede über die Vergangenheit, nichts über Joachim.

Punkt 2: Der Typ ist aggressiv, unter allen Umständen vermeiden, dass er wieder gewalttätig wird.

Punkt 3: Er hatte schon immer ein Problem mit Frauen. Ist total verklemmt, und dann noch die ganze Zeit im Knast oder in der Klapsmühle, da muss einer ja verklemmt sein. Also was tun? Ihn anmachen, seine Unsicherheit gegenüber Frauen ausnutzen!

Ich wische mir mit dem Handrücken die Tränen aus dem Gesicht und stehe auf.

»Hallo!«, ich klopfe zaghaft mit dem Finger gegen die

Tür. Sei liebenswürdig und freundlich. Ich warte, lege mein Ohr an die Tür, es passiert nichts. War bestimmt zu leise, da ist ja noch die Treppe, und wer weiß, wo er steckt. Ich klopfe mit der Faust an die Tür. »Hallo! Mach auf, bitte!«

Es rührt sich nichts. Vermutlich immer noch zu leise, er ist sicherlich draußen. Ich hämmere mit beiden Fäusten gegen die Tür. »Hallo! Mach jetzt auf! Verdammt, du blödes Arschloch, wenn du nicht gleich aufmachst!« Ich trete mit dem Fuß dagegen. Mach nur so weiter! Mensch, ich bin so blöd! Du darfst ihn nicht mehr provozieren! Machst genau das Gegenteil von deinem Plan.

Also auf ein Neues. Nur verhalten gegen die Tür klopfen, warten, lauschen. Ich bin mir nicht sicher, aber ich glaube, Schritte zu hören.

Ich klopfe wieder gegen die Tür. »Hallo, Hans, ich möchte hier raus. Du willst doch den Schlüssel zum Tresor, ich weiß, wie wir an den Schlüssel kommen. Ich kann dir helfen, aber nur, wenn du mich rauslässt. Hier drinnen nütze ich dir gar nichts, absolut gar nichts. Im Tresor vom Chef, da liegt Geld, viel Geld. Ich weiß, wie wir an den Schlüssel kommen. Ohne mich kommst du da nicht ran, du brauchst mich! Wir arbeiten zusammen!«

Kein Laut. »Hallo, hast du verstanden, was ich dir gesagt habe? Wir arbeiten zusammen, ich helfe dir. Du lässt mich hier raus, und ich helfe dir.« Stille. Habe ich mich getäuscht?

Plötzlich habe ich das Gefühl, von allen Seiten angestarrt zu werden. Ich drehe mich ganz schnell um. Nichts. Nur dieser lange dunkle Raum. Ich will hier raus! Mein Mund ist trocken, mein Rachen schmerzt. Mein Herz schlägt unglaublich schnell.

Ich drehe mich wieder zur Tür, rüttle an der Klinke. Ziehe und zerre daran. Halte mich mit beiden Händen fest, drücke sie mit aller Gewalt nach unten. Klack. Die

Tür öffnet sich. Sie war nicht versperrt, die Tür klemmte. Ich war zu dämlich, sie aufzumachen.

Ich fange an, hysterisch zu lachen. Meine Stimme ist mir fremd, nach kurzer Zeit beruhige ich mich aber wieder. Werde ruhig. Ganz ruhig.

Ich drücke die Türklinke nach unten, mache die Tür auf. Verlasse den Keller, gehe die Treppe hoch. Rechts die geschlossene Tür, von dem geschlachteten Hasen nichts mehr zu sehen. Aber der Boden darunter ist mit einer dunklen, glänzenden Schicht überzogen. Mein Blick wandert über den Rest des Raumes, der etwas tiefer liegt und bis auf alte Maschinen und Sachen aus Holz nichts Interessantes aufweist. Mein Herz fängt wieder an, wie wild zu schlagen. Ich kann das pulsierende Geräusch in meinen Ohren hören. Ich gehe den Gang vor zur Treppe. Über mir die Falltür, da oben war ich einige Tage eingesperrt. Es ist dunkel. Angenehm für meine Augen, sie schmerzen im Licht.

Im Haus ist niemand außer mir. Es ist unheimlich, von der Mühle geht eine seltsame, lauernde Stimmung aus. Es ist, als würde die Mühle leben. Als würden mir Augenpaare aus allen Ecken und Winkeln folgen. Ich gehe weiter zur eisernen Eingangstür. Sie steht wie zuvor einen Spalt offen. Ich zwänge mich durch, draußen ist es fast ganz finster. Nur flackerndes Licht dringt von der angrenzenden Hausseite und erhellt umliegendes Buschwerk. Alles wirkt unecht, wie zuvor. Ich gehe in Richtung Licht, an der Hausmauer entlang. Luge um die Hausecke, durch die metallenen Reste eines alten Mühlrades.

Er steht vor einem Lagerfeuer, sein langer Schatten tanzt vor mir. Über dem Feuer, an einem Drehspieß, ein längliches Fleischstück. In einer Hand hält er eine Flasche, mit der anderen dreht er langsam den Grillspieß. Über allem der Geruch des Lagerfeuers.

Ich werde das Gefühl nicht los, beobachtet zu werden. Ich schaue mich um, niemand zu sehen. Jetzt reiß dich zusammen. Du wirst noch verrückt. Das ist echt. Der Typ grillt, sonst nichts. Du gehst jetzt hin, isst dich satt, wickelst ihn um den Finger, damit er dir hilft, und verschwindest bei der ersten Gelegenheit, endgültig. Wäre doch gelacht, wenn du das nicht schaffen würdest. Alleine finde ich hier nie weg.

Ich bleibe schräg hinter ihm stehen, versuche nicht ins Feuer zu starren. Das Licht blendet mich. Ich schaue auf den Spieß, den er gerade aus dem Feuer holt. Das Fleisch sieht etwas verkohlt aus, es riecht leicht süßlich. Ich habe noch immer dieses trockene Gefühl in meinem Mund. Es verschwindet nicht, ich kann schlucken, so viel ich will. Wir stehen beide da. Gut, mache ich den ersten Schritt.

Ich brauche mich nicht umzudrehen. Ich kann hören, wie sie aus der Mühle kommt und auf mich zugeht. Sie bleibt schräg hinter mir stehen. Sie wartet, dann fängt sie an, mit mir zu sprechen.

»Was machst du hier?«

Sie scheint wieder zur Vernunft gekommen zu sein. Redet ganz normal.

»Na, grillen, das siehst du doch!«

Sie kommt noch einen Schritt näher. Ich drehe mich zu ihr um, den Spieß in der einen Hand, die Wodkaflasche in der anderen. Ich sehe ihr Gesicht im flackernden Licht des Lagerfeuers. Sie sieht immer noch seltsam wirr aus. Ist es das Feuer? Ihr Gesicht ist stark gerötet. Sie kommt jetzt ganz nah an mich heran. Ist nur noch wenige Zentimeter von mir entfernt. Ich glaube, ihren Atem zu spüren.

Sie starrt mich an. Die Augen weit geöffnet, die Pupillen unglaublich groß und schwarz. Von der Iris ist fast nichts mehr zu sehen. Leise und schnell redet sie auf mich ein. Ganz schnell. Ganz leise. Ich verstehe nur Wortfetzen: »Wollte ... sagen ... weiß, wo Schlüssel ... mich zurückbringst ... ohne mich nie an den Schlüssel ... Geld ...«

Sie hört nicht auf zu reden. Ist gar nicht mehr zu bremsen. Ich verstehe aber nur Bruchteile. »Kind ... Mörder ... Hase ... Augen überall ... tot ...«

Die spinnt, geht es mir durch den Kopf, lass dir nur nichts anmerken. Wer weiß, zu was die fähig ist. Die ist total neben der Kappe! Ich hätte sie nicht einsperren dürfen, manche Leute drehen dann durch, bekommen es nicht auf die Reihe. War im Knast auch so. Immer wieder ist einer total durchgedreht.

Er steht vor mir mit dem Spieß in der Hand. Ich höre nur noch das Pochen und Dröhnen in meinen Ohren. Ich sehe auf den Spieß, will nicht hinschauen, kann aber auch nicht wegsehen. Im flackernden Licht sehe ich Arme. Da sind Arme und Beine!

In Panik stürze ich nach vorn, an den Rand des Feuers. Greife mit beiden Händen nach einem der glühenden Holzscheite.

Ich sehe, wie der Kerl mich überrascht anstarrt! Die Augen weit aufgerissen, der Mund offen. Er lässt Flasche und Spieß fallen, reißt beide Arme hoch, hält sie schützend vors Gesicht. Ich schlage mit dem Holz immer wieder auf seinen Kopf ein. Überall Glut, Funken springen in alle Richtungen. Glühende Holzstückchen fressen kleine Kreise in sein kurzes Haar. Rauchfähnchen steigen auf. Es stinkt nach verbranntem Haar. Er nimmt die Arme herunter und starrt mich an. Ich stehe vor ihm, das

Holzscheit immer noch in den Händen. Sehe seinen entsetzten Blick, schaue auf meine Hände. Alles schwarz, total schwarz. Jetzt spüre ich den Schmerz, die Hände lassen sich nicht vom Holz lösen. Um mich herum wieder die Zuschauerwand. Sie rückt lautlos näher. Die Zuschauer stehen dicht gedrängt ums Feuer, alle mit ernster Miene.

Sie ist neben dem Feuer zusammengebrochen, das Holzscheit noch immer in den Händen. Mein Gott! Schockzustand. Kein Wunder, die Hände sehen verkohlt aus, kleben am glühenden Holz. Das muss ab! Die Hände müssen ins kalte Wasser. In meiner Sani-Ausbildung beim Bund habe ich das gelernt. Unser Ausbilder hielt uns eine Büchse mit Erbsen vor die Nase, schüttelte sie kräftig hin und her und faselte etwas von einer Molekularbewegung, die man stoppen muss, mit viel kaltem Wasser. Okay, Wasser! Der Eimer steht neben der Treppe. Ich hole ihn, laufe zur Regentonne und fülle ihn mit kaltem Wasser.

Ich komme mit dem vollen Kübel zurück, sie kniet neben dem Feuer, hebt und senkt den Klotz aus Armen und Holzscheit und spricht wirres Zeugs. Die tickt doch nicht richtig. Auf was hab ich mich da eingelassen. Bestimmt rastet sie gleich wieder aus. Schnaps! Sie braucht Alkohol, zum Schmerzlindern, zum Betäuben und um die Kohle von ihren Händen zu lösen. Gut, eines nach dem anderen. Zuerst die Glut löschen. Ich lasse das Wasser zwischen ihre Hände laufen, es zischt und raucht. Sie nimmt das gar nicht wahr, hockt da und faselt vor sich hin. Ich bin trotzdem vorsichtig, die ist gewalttätig. Wodka, ich halte ihr meine Flasche an die Lippen, sie trinkt in großen, gierigen Schlucken.

Ich weiß nicht, ist es der Schock, der Schnaps oder ist sie jetzt ganz durchgedreht. Sie lächelt, sitzt da und grinst irr vor sich hin, während ich mit Hilfe des Alkohols die Holzkohle von ihrer Haut löse. Oder besser gesagt, das Holz mitsamt der Haut vom Fleisch ablöse. Kein schöner Anblick. Wie beim Häuten des Hasen. Bloß war der tot.

Schnell den Verbandskasten aus dem Auto holen. Hoffentlich bleibt die blöde Kuh sitzen und stellt nicht wieder was an, aber so besoffen, wie die ist ... die kann sich eh nicht mehr von der Stelle rühren. Im Kasten ist sogar ein Brandwundenverbandpäckchen, wer hätte das gedacht? Gut, noch eine Polsterung aus Schleifwatte, die hole ich aus der Mühle, dann noch eine Schicht normaler Verband. Jetzt trägt sie Boxhandschuhe, allerdings weiße. Passen zu ihr, und ich fühl mich sicherer.

Die völlig entkleidete Person wird vorsichtig auf die Operationsliege gehoben. Beatmungsschlauch, Blutdruckmessgerät und Venenverweilkanülen durch den Anästhesisten überprüft. Beine und Arme werden mit ledernen Bändern am Operationstisch fixiert. Der metallene Rahmen zum Befestigen des grünen Operationstuches wird an die Operationsliege geschraubt. Das Tuch in Halshöhe über den Rahmen gespannt. Für den Operateur ist nur noch der Körper sichtbar.

Der Tupfer wird in einer Fasszange fixiert. Das Bauchareal dreimal mit dem mit einer alkoholischen Lösung getränkten Tupfer abgewischt. Die braunrötliche Flüssigkeit bildet eine spiegelnde Pfütze im Nabel. Sie rinnt über den Bauch und tropft von beiden Seiten des Körpers auf die Unterlage des OP-Tisches.

Zwei glatte, parallel verlaufende, durch das Desinfektionsmittel dunkel verfärbte Striche auf der Haut sind alles, was von der gesäuberten Bauchverletzung noch zu sehen ist.

Mein Kopf tut fürchterlich weh. Der Schmerz sitzt vorne in der Stirn und zieht sich nach beiden Seiten. Der Druck auf die Schläfen fühlt sich an, als wäre mein gesamter Schädel in einen Schraubstock eingeklemmt und jemand dreht langsam die Backen zusammen. Bei jeder Augenbewegung, selbst mit geschlossenen Lidern, fängt es zu pochen an. Der ganze Schädel dröhnt. Mir ist schlecht.

Meine Zunge klebt am Gaumen, lässt sich nur schwer mit einem Schnalzen lösen. Ich habe immer noch Durst. Fürchterlichen Durst. Mit der Zunge fahre ich im Mund umher. Erst stochernd, mein Mund wird etwas feuchter, dann bewege ich sie ein paar Mal zwischen Wangen und Kiefer hin und her. Ein fahler, bitterer Geschmack breitet sich im Mund aus. Dazu saures Aufstoßen. Mir ist kotzübel.

Meine Hände pulsieren, nein, toben. Die Finger lassen sich kaum bewegen, wie eingefroren. Sie sind unheimlich schwer. Sie stecken in etwas, es fühlt sich an wie Handschuhe. Was ist los? Ich muss die Augen öffnen. Mach sie auf! Ich weiß, der Kopfschmerz wird mich umbringen, aber ich muss wissen, was mit meinen Händen los ist. War ich gestern betrunken? Ich kann mich an absolut nichts mehr erinnern, Filmriss.

Ich mache die Augen auf. Wieder die Holzdecke, ich liege wieder im Bett in der Mühle. Wieder zugedeckt. Was ist mit meinen Händen? Sie liegen dick mit Verband eingepackt auf der Zudecke.

Ich setze mich auf und starre auf meine Hände. Riesige weiße Christbaumkugeln.

Aufrecht im Bett sitzend nimmt das Pochen in den Händen zu. Sie fühlen sich jetzt furchtbar heiß an. Pulsieren und Hitze werden mit jeder Sekunde schlimmer. Der Verband muss ab, ich halte die Hitze nicht mehr aus!

Verdammt, er lässt sich nicht abstreifen. Mit den Zähnen greife ich das Ende des Pflasters. Ich beginne den Verband von meiner rechten Hand herunterzuziehen. Mensch, wie oft ist der denn noch um meine Hand gewickelt? Der Klebstoff des Pflasters haftet an meinen Lippen. Die Gewebefasern des Verbandes bleiben hängen und verkleistern meine Schneidezähne. Endlich habe ich eine Bahn nach der anderen abgewickelt. Jetzt noch die Watte. Ich versuche sie abzuschütteln, jede Bewegung der Hand tut fürchterlich weh. Ich ziehe die Reste mit den Zähnen herunter. Die Watte bleibt zwischen den Zähnen hängen, ich spucke und pruste. Noch eine weitere Schicht Verband. Je mehr ich den Verband und die Watte entferne, desto stärker riecht es nach Verbranntem. In meinem ganzen Mund breitet sich dieser Geschmack nach Verkohltem aus. Der Verband hat immer mehr schwarze Streifen und Flecken. Die letzten Schichten sind mit rotbraunem Sekret durchtränkt. Ich sehe auf meine Hand. Mir wird wieder übel. Das ist nicht mehr meine Hand, das ist ein Klumpen verkohltes, stinkendes Fleisch.

Ich bin noch nicht beim Haus, da höre ich sie schon toben und schreien. Sie schreit wie ein wildes Tier. Kein Wunder, der Alkohol wirkt nicht mehr, sie hat Schmerzen. Ich renne die letzten Meter zum Haus. Bloß schnell rein, ehe sie völlig durchdreht. Die ist so von der Rolle, am Ende fällt mir die dumme Kuh noch die Treppe runter und bricht sich das Genick. Dann hocke ich voll in der Scheiße! Über die am Boden liegende Holztür, ich rutsche fast aus, kann mich gerade noch fangen. Durch die Metalltür, zur Treppe.

Im Haus ist ihr Gekreische fast unerträglich. Ich hatte die Falltür absichtlich offen gelassen, mit diesen Händen kommt sie die Treppe sowieso nicht herunter. Durch die Luke hängt das abgewickelte Ende des Verbandes. Es reicht fast bis auf den steinernen Sims. Auf der ersten Treppenstufe stehend, schaue ich nach oben.

Sie steht direkt über mir. Ein Bein auf der ersten Stufe. Beide Arme etwas abgespreizt, die Unterarme nach oben gestreckt. Ihre linke Hand steckt noch komplett im weißen Verband. Die Rechte hat sie fast ausgewickelt, nur noch ein kleines Stück Mull klebt daran.

Ich versuche sie zu beruhigen, steige langsam Stufe für Stufe die Treppe nach oben. Die ganze Zeit rede ich beschwichtigend auf sie ein, nicht dass sie wieder völlig ausrastet und womöglich springt. Bei meinen Hasen hilft das immer, es nimmt ihnen die Angst. Auch sie scheint ruhiger zu werden. Sie sieht mich an. Kreidebleich. Ich kann ihr ansehen, wie schlecht es ihr geht. Die Augen sind wieder normal. Die Pupillen nicht mehr so weit wie gestern. Sie schwankt. Scheiße, hoffentlich fällt sie nicht. Wenn sie jetzt fällt, dann auf mich, und mit mir auf den Steinboden.

»Bleib stehen! Ich komme hoch und helfe dir. Ich habe was gegen die Schmerzen. Geh zurück und leg dich aufs Bett! Ich helfe dir!«

Sie fängt an zu zittern, ihr Körper bebt, sie schwankt immer stärker.

Jetzt hoch oder sie fällt herunter. Zwei Stufen auf einmal, ich krabble, mit Armen und Beinen gleichzeitig, die

Stufen hoch. Mit meinem Kopf ramme ich in ihren Bauch, sie fällt nach hinten, ohne den Sturz mit den Armen abzufangen.

Ich liege halb auf ihr, mein Kopf auf ihrem Unterleib. Sie wälzt ihren Kopf hin und her. Wimmert.

»Schmerzen. Starke Schmerzen. Ich halt es nicht mehr aus! Hilf mir! Ich halt es nicht mehr aus!«

Ich stehe auf, greife unter ihre Achseln und schleife sie rüber zum Bett. Ich hieve sie auf die Matratze wie einen Sack Mehl. Anstatt mitzuhelfen, jammert sie nur vor sich hin, macht sich schwerer, indem sie sich durchstreckt.

Ich leere den Inhalt meiner Plastiktüte auf das Bett. Nadel, Spritze, Stoff, Zitronensäure. Hat einen Blauen gekostet. Sie liegt da, windet sich hin und her, greint und winselt vor sich hin. Ich kann sie jetzt auch nicht einfach hier liegen und verrecken lassen.

»Mensch, pass doch auf, du wirfst alles runter!«

»Hilf mir! Es tut so weh!«

Ich entferne die Verpackungen von Spritze und Nadel. Mache das Tütchen mit dem Stoff auf. Eine kleine Menge weißes Pulver auf den Esslöffel. So, hoffentlich reicht das, zu wenig ist nichts, zu viel und sie krepiert. Darüber einige Tropfen Zitronensäure. Mit ein paar Tropfen Wasser aus der Flasche vermischt, Feuerzeug drunter und das Ganze aufgekocht. Ein kleines Stückchen Mull rein, zum besseren Aufziehen. Einmalspritze, Aufstecken der Nadel, Entfernen der Plastikkappe. Geschafft.

»Halt still!«

Ich lege ihr den Gürtel um den Oberarm. Sie windet sich. Schlägt um sich. Ich ziehe den Gürtel an, die Venen am Unterarm kommen etwas hervor.

»So, jetzt halt still!«

Die Haut in ihrer Ellenbeuge spannt sich unter der eindringenden Nadel. Sie versucht den Arm wegzuziehen, ich halte ihn fest, drücke den Kolben in die Spritze. Die Flüssigkeit verschwindet in ihrem Körper.

Fast im gleichen Augenblick hört ihr Kopf auf, sich hin und her zu drehen. Ihre zusammengekniffenen Augen entspannen sich, die Gesichtsmuskulatur entkrampft sich. Sie atmet tief und langsam. Ihr Mund öffnet sich, ein Lächeln erscheint in ihrem Gesicht, sie beginnt zu stöhnen. Wirkt ganz entspannt.

Nach einer Minute schließt sie den Mund und schläft ein, nur ein leises Säuseln ist zu hören.

Verdammter Mist! Jetzt hab ich eine Schwerkranke am Hals. Ich hätte das Ganze besser planen sollen. Ich hocke ganz schön in der Scheiße!

Ich muss ihr die Hände frisch verbinden, sonst kriegt sie mir noch eine Blutvergiftung. Hoffentlich habe ich in der Eile nichts vergessen. Ich wickle den alten Verband Schicht für Schicht ab, der klebt an der Haut oder besser an dem, was davon übrig ist. Ich mache den Verband nass, dann löst er sich besser. Also wieder mal Brüderchen Wodka. Erst ein Schluck aus der Flasche, dann mit der getränkten Kompresse die Wunden reinigen. Gelernt ist gelernt. Neuer Verband, fertig.

Sie liegt ganz ruhig da und schläft.

Ich träume wieder von der Wiese. Ich drehe mich um, laufe mit wehendem Kleid und hüpfenden Zöpfen davon. Die Wiese ist übersät mit Löwenzahn. Ein Meer aus Grün mit gelben Punkten. Ich laufe weiter. Ich komme zu einem kleinen Bach, springe hinüber. Auf der anderen Seite ist das Gras nicht gemäht. Es wird höher und höher. Wiesenblumen und Gräser reichen mir bis zur Hüfte. Schmetterlinge fliegen umher, ich stecke die Hand aus, ein kleiner blauer Falter lässt sich darauf nieder. Ich spüre, wie er mit seinem Rüssel das Salz von meiner Haut leckt. Ich gehe ganz nah mit dem Gesicht an ihn heran, puste ihn an. Er breitet die Flügel aus und fliegt davon. Ich sehe ihm nach. Die Sonne strahlt mir ins Gesicht, das Licht ist so grell, ich halte meine Hand schützend vor die Augen. Ich fühle mich unglaublich leicht und glücklich. Ich will weiter, immer weiter, laufe und hüpfe, bis ich aus der Puste bin. Die Hände auf die nackten Knie gestützt, atme ich tief ein und aus. Habe den Geruch der frisch gemähten Wiese in der Nase. Ich möchte auf der schönen Wiese bleiben. Ich möchte hier bleiben.

Die Wiese dreht sich und ich stehe wieder auf der Bühne. Es ist keine richtige Bühne, ich bin klein, fürchterlich klein. Eine Hand greift nach mir. Sie greift von oben in die Kulisse, als wäre es eine Schachtel. Ich laufe in eine Ecke, versuche mich zu verstecken, kauere mich zusammen. Mache mich noch kleiner. Nein, das will ich nicht, nein! Hör auf, mich hier rauszuziehen. Die Hand umgreift mich, als wäre ich ein kleiner Vogel. Ich will hier bleiben. Lass los, nein!

Ich sehe die Holzdecke, die blöde Holzdecke. Wie oft bin ich aufgewacht und hab diese dreckige Holzdecke gesehen. Ich versuche die Bettdecke wegzuschieben. Blöde Decke. Die Hände sind dick eingewickelt, und das Pochen fängt auch schon wieder an. Ich kann an nichts anderes mehr denken. Der Schmerz zieht sich die ganzen Arme entlang. Verdammte Scheiße, es soll aufhören! Ich will weg.

Der Typ sitzt neben mir auf dem Bett. Grinst. Mein Gott, bin ich erschrocken. Ich schaue schnell wieder zur Decke, habe keine Lust, mich mit dem grinsenden Typen zu unterhalten. Was will der Kerl von mir? Er soll mir helfen.

Mir wird schlecht. Ich habe plötzlich einen furchtbaren Druck im Magen. Alles zieht sich zusammen. Ich habe diesen Kloß im Hals, ich will nicht spucken.

»Mir ist schlecht!« Im Schwall kommt es aus mir heraus. Ich kotze alles voll, das Bett, den Typen, alles. Immer wieder, ich würge, habe das Gefühl, mein Magen dreht sich um. Alles tut weh. Die Seiten stechen. Mir ist, als kommt mein Magen mit hoch, als würden sich alle meine Eingeweide losreißen, und ich kann nicht aufhören zu speien, ehe mein Körper ganz leer ist. Immer wieder muss ich würgen, obwohl gar nichts mehr kommt.

Erschöpft lasse ich mich nach hinten auf das Kissen fallen. Ich bin nass vom kalten Schweiß. Mein Magen hört nicht auf, sich zusammenzuziehen. Erst nach Minuten beruhigt er sich langsam.

Von den Gesichtern des OP-Teams sind nur die Augen zu sehen, alles andere ist verdeckt durch Mundschutz und Haube. Der Chirurg trägt eine Hornbrille. Die dicken Gläser der Brille lassen die Augen unnatürlich groß erscheinen. Die Hände durch sterile Einmalhandschuhe geschützt, fährt der Chirurg mit Zeige- und Mittelfinger in die Wunden des Bauchraumes. Konzentriert sich ganz auf seinen Tastsinn. Sein Blick ist dabei nicht auf die eingelieferte Person gerichtet, er sieht teilnahmslos geradeaus in den Raum. »Der untere Stich hat das Bauchfell nicht durchdrungen, du kannst nachher hier zunähen, wir brauchen uns nur um den oberen zu kümmern!«

Der Chirurg raunt diesen Satz dem Assistenten zu, der ihm gegenüber am OP-Tisch steht, ohne diesen anzusehen. Er lässt sich das Skalpell reichen. Erweitert den Schnitt etwa zwei Zentimeter nach oben und nach unten. Der junge Arzt gegenüber beobachtet jeden Handgriff genau, nickt eifrig mit dem Kopf.

Das scharfe Skalpell fährt nur leicht über die Haut, dennoch klafft sofort ein sichtbarer Spalt. An drei bis vier Stellen tritt hellrotes Blut hervor, teils in einem dünnen spritzenden Strahl. Mit Kompressen wird es schnell aufgesaugt, mit einem elektrischen Brenner die Blutungsquellen verödet. Kleine Rauchwölkchen steigen auf, Verbrennungsgeruch dringt in die Nasen der Umstehenden. Die Blutungen stehen.

»Essen steht auf dem Tisch! Deine Klamotten liegen am Bettende. Sind noch feucht, ich habe sie gewaschen. So gut es geht.«

Er hat meine Hände frisch verbunden, meine Klamotten gewaschen, Essen gemacht und den Tisch gedeckt. Was will der eigentlich von mir? Er hat mich überfallen, geschlagen, hierher verfrachtet und hält mich hier gefangen. Ist er ein normaler Krimineller? Warum hat er mich dann mitgenommen? Das macht keinen Sinn. Das war kein Zufall. Er folgt einem Plan. Er muss geplant haben, mich mitzunehmen. Ist er ein Perverser? Einer, der Frauen entführt, quält und gefangen hält? Wie kam er an das Foto? Er muss in meiner Wohnung gewesen sein. Aber warum? Klar, er hat mich ausspioniert. Alles passt zu Hans. Hans, der sich rächen will. Er hat es auf mich abgesehen und nicht auf das Geld. Der Überfall war nur vorgetäuscht und der eigentliche Sinn und Zweck des Ganzen ist meine Entführung! Das Foto spricht dafür, warum sonst das Foto? Das Foto. Das ist der Schlüssel. Ich muss es aus ihm herausbekommen. Aber wie?

Indem ich mit ihm spreche, eine Verbindung zu ihm aufbaue. Je stärker die Verbindung zwischen uns ist, desto schwieriger wird es für ihn, mich umzubringen, mich einfach verschwinden zu lassen. Umgekehrtes Stockholm-Syndrom, sozusagen. In der Zeitung stand ein Artikel darüber. Aber will er mich einfach verschwinden lassen? Er hat meine Hände verarztet, wäscht, kocht. Vielleicht will er beides, sich rächen und das Geld?

Im Augenblick bin ich von ihm abhängig. Ich kann mich nicht mal alleine anziehen, essen, nicht allein pinkeln. Ich hasse es. Ich kann nichts, gar nichts alleine, muss ihn sogar bitten, mir meine Unterhose anzuziehen. Ich bin völlig von dem Kerl abhängig. Gefällt dem das, fährt der darauf ab? Ich hätte mehrmals abhauen können. Jetzt geht gar nichts mehr, ich komme nicht mal die steile Treppe hinunter ohne seine Hilfe. Mit diesen Händen kann ich mich nirgends festhalten. Ich hab mich in eine Scheißsituation gebracht. Ich müsste furchtbare Angst haben. Habe ich aber nicht. Ich bin völlig ruhig, es ist, als ob es mich nichts anginge. Als würde ich in einer gläsernen Kugel oder Blase sitzen. Ich kann alles um mich herum sehen, hören, aber es kommt nicht an mich heran. Ich bin innerlich seltsam gelassen. Ich müsste doch schreien, toben, heulen, mich wehren. Aber ich beobachte nur, bin ganz ruhig. Sitze hinter der inneren Glaswand, bin von mir selbst getrennt. Völlig irre. Es ist doch scheißegal, ob es Hans oder irgendein anderer Verrückter ist, ich muss ihn auf meine Seite ziehen. Nur wenn ich ihn auf meiner Seite habe, habe ich eine Chance. Nur dann. Herrgott noch einmal! Hilf mir!

Als Erstes muss ich mich anziehen, dann sehen wir weiter. Ich muss ihn fragen, ob er mir hilft. »Kannst du mir bitte beim Anziehen helfen?«

Er nickt. Es ist mir fürchterlich peinlich. Er hilft mir

in meine Kleider. Ihm scheint es gar nicht unangenehm zu sein, eher im Gegenteil.

»Danke.«

Er geht hinüber zum Tisch, setzt sich. Ich bleibe im Raum stehen. Unschlüssig.

»Hungrig? Komm, iss.«

Mit einer einladenden Bewegung der Hand winkt er mich zu sich hinüber. Ich gehe zu ihm, setze mich. Er lächelt mich an. Ich probiere mich an einem Lächeln, ziehe ein bisschen gequält meine Mundwinkel hoch.

Ich werde gefüttert wie ein Kleinkind. Gabel für Gabel, zwischendurch ein Schluck Wasser zum Runterspülen.

»Noch ein Stück?«

»Nein, ich bin satt!«

»Gut, dann nehme ich das Geschirr runter zum Abwasch.«

Er steht auf, beginnt abzuräumen. Ich möchte nicht wieder alleine sein, möchte das einfach nicht. Mit einem Mal habe ich Angst davor. Angst vor dem Alleinsein, Angst vor meinen Träumen.

»Kannst du noch hier bleiben?«

Er sagt nichts, setzt sich aber wieder hin. Wir sitzen da, stumm. Jeder hat den Blick auf die Tischplatte gerichtet. Nach einer Weile höre ich mich ganz leise zu ihm sagen: »Ich möchte nicht alleine sein.«

Er sagt nichts. Bleibt stumm sitzen. Ich rede einfach weiter, irgendwas. Rede, damit er bleibt, ich nicht alleine bin.

»Gehört dir das Haus?«

»Warum willst du das wissen?«

»Nur so.«

Pause. Scheiße, war die falsche Frage.

»Wie heißt du?«

»Du kannst mich nennen, wie du willst!«

»Du musst doch einen Namen haben? Wie wäre es mit Hans? Ich nenne dich Hans.«

»Der ist so gut oder so schlecht wie jeder andere Name.«

»Gefällt dir Hans? Ist dir das recht?«

»Von mir aus.«

Er sitzt da, sagt nichts mehr. Starrt nur auf seine Hände. Ich sitze da, sage auch nichts mehr. Verdammt! Es klappt nicht, ich habe ihm nichts zu sagen, kann mit ihm kein vernünftiges Gespräch führen. Es ist eine Mauer zwischen uns. Joachim, der tote Joachim? Ich weiß nur eines, wenn ich wieder alleine bin, werde ich verrückt. Ich will nicht, kann nicht. Alles dreht sich nur um einen einzigen Gedanken, nicht alleine sein.

Er steht auf. Nimmt das Tablett. Ich stehe auch auf, stelle mich ihm in den Weg.

»Ich weiß, wo der Schlüssel ist. Ich kann dir helfen, an das Geld zu kommen, Hans.«

Er stutzt, sieht mich an. Zum ersten Mal sieht er mir direkt in die Augen. Es poltert aus mir heraus. Ich rede einfach weiter.

»Ich kann dir helfen und du lässt mich dann laufen, okay?«

Er sieht mich misstrauisch an, will mit dem Tablett an mir vorbei. Ich weiche zur falschen Seite hin aus, remple gegen das Tablett. Alles fällt scheppernd zu Boden.

»Entschuldige.«

Er sieht mich an, streicht mit seiner Hand eine Haarsträhne aus meinem Gesicht. Fast zärtlich. Hält meinen Kopf zwischen seinen groben Händen. Ich schließe die Augen. Er küsst mich mitten auf den Mund. Dann hebt er die Scherben vom Boden auf, nimmt das Tablett und geht. Ich stehe einfach nur da, mitten im Raum.

Ich wache auf und meine Hände pochen wie verrückt. Toben. Auch ich fange an zu toben, schreie wie wild. Wälze mich im Bett hin und her.

»Hans, hilf mir, ich halt es nicht mehr aus! Gib mir eine Spritze. Hilf mir! So hilf mir doch!«

Ein lautes Krachen und Poltern. Er läuft die Treppe hoch, holt die Plastiktüte und schüttet den Inhalt neben mir auf das Bett. Was macht er da? Eine Mixtur aus Pülverchen, Wasser und Zitronensaft. Mit dem Feuerzeug erhitzt er das Ganze im Esslöffel. Zieht es in der Spritze auf.

»Faust! Tut gar nicht weh!«

Er spritzt wirklich gut, das muss man ihm lassen. Er sitzt neben mir auf dem Bett. Nimmt mich in den Arm, hält mich fest.

Die Fingerspitzen und Zehen werden heiß, langsam erhitzen sich auch Arme und Füße. Die Hitze rast durch den Körper, hinauf zur Brust, und sammelt sich im Kopf. Ich glühe! Ich bin überrascht, es tut nicht weh, es schmerzt nicht, im Gegenteil, es ist ein angenehmes Gefühl. Wie eine Welle, die sich im Wasser aufbaut und dann immer schneller zum Land hin ausläuft, bricht. Die Wärme wechselt in ein Gefühl der Weichheit, alles wird leichter, innen und außen.

Ich habe das Gefühl, mich vom Boden loslösen zu können, ich kann aufsteigen, schweben, die Schwerkraft überwinden. Ich habe die Augen fest geschlossen und doch ist alles hell, fast grell. Aber es ist trotzdem angenehm. Alles ist bunt, von einer unglaublichen Farbigkeit. Rotes Licht am Rand, dann wechseln sich hellere und dunklere Farbtöne ab, laufen in einem Halbkreis auf die Bildmitte zu. In der Mitte ein tiefes Blau.

Das Blau wird heller, wäscht sich aus, eine Bühne wird sichtbar.

Ein Baum, eine Weide aus Pappmaché mit bunten

Blättern steht mitten auf der großen Bühne. Nebel verzieht sich langsam. Zwei Personen sind auf der Bühne. Eine, die kleinere, liegt, die zweite, erwachsene, steht daneben.

Was ist es, ein Schauspiel, eine Oper? Der Schauspieler formt den Mund zu einer Schnute, öffnet ihn weit, zeigt seine Zähne. Alles geschieht ganz langsam. Ich warte auf einen Laut, aber es kommt nichts. Ich kann sehen, dass der Darsteller singt. Kein Ton, nichts ist zu hören. Stimmt nicht, da ist ein Geräusch. Zuerst ganz leise, dann immer stärker ansteigend, ein Wimmern aus dem Orchestergraben. Der Ton schwillt an, wird lauter, klingt ab, um erneut anzusteigen. Ich sitze in der ersten Reihe, gleich hinter dem Orchestergraben. Ich beuge mich nach vorne, luge über die Brüstung. Alle Stühle des Orchesters sind leer. Nur seitlich vom Dirigentenpult sitzt ein Musiker im Frack. In weit ausholenden Bewegungen streicht er mit dem Geigenbogen über die stumpfe Seite einer riesigen Fuchsschwanzsäge. Die Säge zwischen seine Knie eingeklemmt, mit der freien Hand hält er sie am oberen Ende fest, drückt sie in einem leichten Bogen nach unten. Sein Blick sehr ernst, fast andächtig.

Ich lehne mich wieder zurück. Blicke erwartungsvoll zur Bühne. Die kleinere, liegende Person ist mit einem Laken bekleidet, der Bauch mit grellroter Farbe bespritzt. Auch ein Ohr leuchtet in grellem Rot. Nun fängt auch sie an, tonlos zu singen. Ich erkenne es an den Bewegungen seiner Lippen, sehe die Anstrengung in der Mimik des Sängers. Der Liegende zeigt wiederholt mit einer Hand auf den Bauch, mit der anderen auf den anderen Schauspieler.

Der Stehende weist mit erhobenen Armen alles von sich. Mit übertriebenen Gesten und mit weit aufgerissenen Augen. Die Gesichter erinnern mich an antike tönerne

Schauspielermasken. Bunt bemalt. Ich kenne sie aus den Vitrinen des städtischen Museums. Die Beleuchtung ändert sich, nun sieht der Größere aus wie ein Indianer mit Kriegsbemalung. An beiden Seiten des Schädels längs verlaufende Streifen.

Der Vorhang fällt. Im Graben legt der Musiker Bogen und Säge beiseite, holt aus seiner Jackentasche eine rote Banane, beginnt bedächtig die Schale abzuziehen, und während er zu mir hochblickt, verspeist er sie langsam. Er blickt zur Uhr, legt schnell die Schale beiseite, greift Instrument und Bogen und beginnt erneut mit der schauderhaften monotonen Melodie.

Der Vorhang öffnet sich. Die gleiche Szene noch einmal, nur diesmal bricht die musikalische Begleitung während der Szene ab. Der Musiker ist eingeschlafen, erst der fallende Vorhang weckt ihn. Er schreckt hoch, springt auf. Emsig inspiziert er sein Musikgerät. Er setzt sich wieder hin. Die Schauspieler kommen auf die Bühne, verneigen sich tief.

Mein Klatschen hallt einsam wieder, ich blicke mich um, ich bin der einzige Zuschauer. Ich beuge mich über die Brüstung, sehe hinunter in den Orchestergraben. Der Musiker verneigt sich ganz tief vor mir. In der einen Hand hält er den Bogen, in der anderen die Säge. Er nimmt Säge und Bogen in die linke Hand und fängt an, mit der freien Hand zu winken.

Nebel sammelt sich auf dem Bühnenboden, fließt träge über den Rand hinunter in den Orchestergraben. Hüllt den Musiker ein, verschluckt ihn. Alles wird blau, verfärbt sich an den Rändern hin rötlich, geht langsam über in ein leuchtendes Rot.

Mir ist übel.

Ich öffne die Augen, sehe die Holzdecke über dem Bett.

Eingewickelt in einem Schlafsack liege ich im Fiesta. Das Seitenfenster ist heruntergekurbelt, ich atme den Geruch des Waldes. Ich habe gewartet, bis sie eingeschlafen ist. Erst dann bin ich aus der Mühle raus, den Weg am Teich entlang hinüber zum Wagen. Die letzten zwei Nächte bin ich schon hier geblieben, fällt eh niemandem auf. Niemand wartet auf mich. Ich schlafe gerne bei offenem Fenster. Das war das Schlimmste am Knast. Sich einen Raum mit vier anderen teilen zu müssen. Die Luft in den Zellen war abgestanden und stickig. Die Leuchtkörper der Neonröhren mit roten Antragsscheinen abgeklebt, um das grelle Licht zu dämpfen. Wecken um sechs Uhr morgens. Das Schlagen der Kostklappen. Alles plötzlich mit Lärm erfüllt. Wenn du dich schlafend stellst, kommen die Wärter, schlagen mit den Schlüsseln an die metallenen Bettgestelle, reißen die Bettdecken fort. Danach aufstehen, warten auf das Frühstück. Ein halber Liter Muckefuck, Kaffee konnte man das Gebräu nicht nennen. Schwarzbrot, Marmelade. Honig und Nougatcreme nur alle zwei Wochen. Wenn dich einer nicht leiden konnte, schüttete er dir den heißen Kaffee über die Finger oder gleich ganz neben den Becher. Du konntest dich nicht wehren, dich nicht beschweren. Hast du es doch getan, bist du ausgerutscht in der Dusche ... Oder es setzte nach acht Uhr Schläge, dann, wenn nach dem Einschluss der »richtige Vollzug« anfängt. Heraushalten, Maul halten. Schauen, wie man in der Hierarchie nach oben rückt. Der sein, der den anderen den Kaffee über die Finger schüttet, der sein, der die Schläge austeilt oder die Hausarbeit einteilt. Maul halten, mitmachen. Dich hocharbeiten.

Bei Kinderfickern klappt das nicht, die bleiben unten. Einer muss immer da sein, der getreten wird. Es gibt immer einen, den auch du treten kannst. Von Vater hatte ich gelernt, das Maul zu halten. Hatte gelernt, dass es besser ist, wie die drei Affen dazusitzen. Nichts sehen. Nichts hören. Nichts sagen.

Ich könnte unten im Bunker schlafen. Ich will das nicht, es ist mir unangenehm. Ich bin lieber hier im Auto. Der Bunker war Vaters Reich. Immer habe ich das Gefühl, er beobachtet mich, wenn ich dort unten bin. Kann unten nicht schlafen. Unten ist es wie im Knast, die Luft ist abgestanden, es ist dunkel. Das Gefühl, sich nicht frei bewegen zu können, ist das Schlimmste. Deshalb hab ich sie auch nach oben in Mutters Zimmer gebracht. Der Raum ist viel heller und freundlicher.

Sie ist wie Mutter, sie erinnert mich an Mutter. Sie kann auch nicht alleine sein. Wie Mutter hat sie mich angefleht, sie nicht alleine zu lassen. Wie Mutter.

Mutter hat sich an Vater gehängt, hat ihn gebeten, sie nicht alleine zu lassen. Sie nicht wieder einzusperren in der Mühle. Er hat sie geschlagen und weggestoßen. Ich habe ihre Schreie gehört, bin unten gesessen in meinem Versteck.

Ich habe gehört, wie sie sich wieder gestritten haben, wie er sie wieder geschlagen hat. Habe gehört, wie sie ihn angefleht hat. Aber Vater ist gegangen, hat sie alleine gelassen.

Und dann war auch sie weg. Später habe ich herausgefunden, dass sie sich aufgehängt hat in der Mühle, weil sie es nicht mehr ertragen konnte. Nach drei Tagen Eingesperrtsein hatte sie sich aufgehängt.

Nein, ich bin nicht so ein Schwein wie er. Ich will nicht so ein Arschloch sein. Ich bleibe hier, ich lasse sie nicht alleine. Sie braucht mich. Sie braucht mich, wie Mutter mich brauchte, wenn Vater sie geschlagen hat, und wie Mutter mich gebraucht hätte, als Vater sie in die Mühle einschloss.

Das Skalpell gleitet wieder in das Gewebe. Neu auftretende Blutungen werden sofort verödet. Fettbürzel quellen hervor. Immer weiter arbeitet sich der Chirurg in die Tiefe. Tastet sich mit den behandschuhten Händen vor, dringt tief in den Bauchraum ein.

»So, Leute. Die Muskulatur wird jetzt durchtrennt, dann, nach dem Bauchfell, geht's dem Darm an den Kragen!« Der Chirurg lacht. Hebt den Kopf, sieht seinen jungen Kollegen kurz an. Die OP-Maske verdeckt das Gesicht, lässt keine Mimik erkennen.

Breite silbrig glänzende metallene Wundhaken werden eingesetzt. Der Assistent umfasst die Haken, spreizt die Bauchdecken auf.

Grauglänzender Darm füllt den Bauchraum aus. Die weißlich schimmernden gummibehandschuhten Hände tauchen ein zwischen die glitschigen, prallelastischen Darmschlingen. Tasten die inneren Organe ab, erforschen den Bauchraum. Mit dem metallenen Fächer werden die Darmschlingen abgedrängt, um eine bessere Sicht auf alle blutführenden Strukturen zu haben. Es befindet sich frisches Blut in der Bauchhöhle. Ein Anzeichen für eine größere innere Verletzung.

»Verdammt, irgendwo muss die Scheiß-Blutung doch herkommen!«, raunzt der Operateur.

Nach intensiver Suche entdeckt er einen Riss in der Darmwurzel.

Eine an einem langen Halter fixierte rund gebogene Nadel wird gereicht. Die blutenden Gefäße werden unterbunden. Das Beenden der OP, das Schließen des Bauchraums ist nun Sache des Assistenten.

Ich liege da, zugedeckt, starre auf den Verband meiner Hände.

Ich fühle mich einsam. Ob überhaupt einer bemerkt hat, dass ich weg bin? Vermutlich keiner. Ist ja auch zu blöd. Am letzten Arbeitstag, genau vor meinem Urlaub, muss der Typ mich entführen. Um die Katze brauche ich mir keine Sorgen machen, um die kümmert sich meine Nachbarin. Was für ein dummer Zufall, dass ich der am Freitagmorgen im Treppenhaus begegnet bin. Ich hab ihr von meinen freien Tagen in der nächsten Woche erzählt und dass ich schnell weg bin, falls ich noch einen Flug in den Süden bekomme. Auf die Katze hat sie schon häufiger aufgepasst. Gut, sie wird sich wundern, dass ich mich nicht verabschiedet habe, aber groß den Kopf wird sie sich darüber auch nicht zerbrechen. Ich werde also erst nächste Woche vermisst, wenn überhaupt. Und wenn ich übernächste Woche noch nicht komme? Wer weiß, der Chef meint vielleicht, ich hätte meine Drohung wahr gemacht und mir einen neuen Job gesucht. Ich habe es ja oft genug angekündigt. Immer, wenn ich mich über etwas total geärgert habe, habe ich es gesagt: »Wenn ich was anderes finde, bin ich weg. Von heute auf morgen!« Die im Büro werden vermutlich nicht mal nachfragen.

Die haben ja noch Lilli, die die ganze Arbeit macht, und dann spart der Chef sich meinen Lohn. Viel spart er da nicht ein, mein Gehalt ist nicht gerade üppig. Lilli und ich schmeißen den ganzen Laden. Machen alles, sind Sekretärin, Autoverkäufer, Gärtner, Putzfrau in einem. Wir wechseln sogar Zündkerzen und machen den Ölwechsel, wenn Not am Mann ist. Der Chef kann sich wirklich nicht über uns beklagen, und etwas mehr Geld monatlich wäre da nur fair. Der Laden läuft im Augenblick nicht so toll, aber richtig schlecht auch wieder nicht. Ich kenne doch die Zahlen. Und wenn er es nicht offiziell machen möchte, mir genügt es, wenn er uns unter der Hand etwas von seinem Schwarzgeld abgeben würde. Brauche ich wenigstens keine Lohnsteuer zahlen.

Lilli nützt er richtig aus, die macht alles für ihn, wirklich alles. Die geht doch auch mit ihm ins Bett. Was hat sie davon? Der Chef verlässt seine Frau und die Kinder doch nie, auch wenn er ihr das noch so oft verspricht. Ich weiß nicht, was Lilli an ihm findet. Er ist dick, hat eine Halbglatze, ist verheiratet und hat zwei verzogene Gören.

Seinen Fünfzigsten, vor zwei Wochen, hat er mit der ganzen Belegschaft groß gefeiert. Er wollte sich nicht lumpen lassen und hat uns alle zum Japaner eingeladen. Ich muss zugeben, es war ganz lustig. Kaltes Essen vom Rollband in kleinsten Portionen holen und mit viel Reiswein herunterspülen ist zwar nicht so meine Sache, zu kalt und glitschig. Immerhin war es Fisch, wenigstens kein Fleisch. Aber die Stimmung war gut, und weil sie doch so gut war, wollte er unbedingt noch mit Lilli und mir in die Disko.

Auf dem Heimweg hat er immer seine Hand auf mein Knie gelegt. Er war schon ziemlich betrunken. Zum Abschied wurde er noch aufdringlicher: »Monika, sag doch Rüdiger zu mir.« Und dann hat er mir noch ein sehr eindeutiges Angebot gemacht. Ich bin knallrot angelaufen und wäre vor Scham am Liebsten im Boden versunken. Nicht für viel Geld!

Manchmal ist er schon ein ziemlicher Widerling. Er sollte hier sitzen, nicht ich. Der Chef hat doch den Schlüssel zum Tresor, und ich sitze hier in der Scheiße.

Hans wollte von mir den Schlüssel, als er mich im Autohaus überfiel. Ist er immer noch hinter dem Geld her? Sicher. Er wollte sich nicht nur an mir rächen, sondern auch das Geld aus dem Tresor.

Das Geld aus dem Tresor. Warum eigentlich nicht? Warum eigentlich nicht das Geld klauen? Der Chef hat mich doch jahrelang ausgebeutet und schikaniert. Ich hole mir nur meinen Lohn, den, den er mir vorenthalten hat. Und jage ihm dazu noch ein bisschen Angst ein, lasse ihn am Boden knien und winseln. »Bitte, bitte tut mir nichts.« Der Gedanke gefällt mir. Ich sehe schon die hektischen roten Flecken, die er immer bekommt, wenn er sich aufregt. Gibt es eine bessere Gelegenheit als jetzt, um es ihm heimzuzahlen?

Hans soll die Drecksarbeit machen und ich krieg das Geld. Hans macht bestimmt mit. Macht alles, um an die Kohle zu kommen. Der will sich nicht mehr an mir rächen, das hätte er schon längst gemacht, da bin ich mir sicher. Er versorgt mich, ist ganz bemüht. Er war schon immer leicht zu lenken, warum sollte ich ihn diesmal nicht in den Griff kriegen? Was hindert mich daran? Mit ihm im Schlepptau bin ich unschlagbar. Er ist mein Werkzeug, meine Waffe.

»Überleg's dir, Kindchen, wenn du es willst, ruf mich an.« Das waren die Worte meines Chefs zum Abschied im Auto gewesen. Ich habe es mir überlegt, Rüdiger-Schätzchen, ich ruf dich an!

Hans kommt die Treppen hoch. In den Händen hält er ein Tablett mit zwei Kaffeebechern, einen Tetrapak Milch und Käsebrote. Der Kaffee riecht gut. Es ist genau das, was ich jetzt brauche. Ich richte mich im Bett auf.

»Kaffee?«

Sie steht vom Bett auf, setzt sich zu mir an den Tisch. Ich schiebe einen der Kaffeebecher zu ihr hinüber, stelle das Käsebrot daneben. Ich habe das Brot in kleine Stücke geschnitten, ganz so, wie es meine Mutter immer für mich gemacht hat, als ich noch klein war. Brot in kleine Streifen schneiden, jeder Streifen war ein Zug, bereit, in den Bahnhof »Mund« einzufahren.

»Soll ich dich füttern?« Sie nickt, lächelt mich an.

Ich nehme einen Brotstreifen nach dem anderen und schiebe ihn ihr in den Mund. Sie kaut, und noch mit vollem Mund fängt sie an: »Und wenn wir uns das Geld aus dem Tresor gemeinsam holen?«

Zuerst verstehe ich sie nicht, habe keine Ahnung, was sie damit meint. Das Geld? Sie hat den Schlüssel doch nicht, ich habe ihre Klamotten durchsucht.

Sie lächelt mich weiter an.

Sie neigt den Kopf etwas zur Seite, sieht mich an. Ich sitze da, sage kein Wort. Nach einer Weile fragt sie nach. »Warum hast du mich nicht zurückgebracht?«

»Weiß ich nicht. Ich wollte, dass du hier bleibst.« Ich sehe sie an, sehe in ihre Augen.

Wir sitzen stumm da und ich füttere sie mit Brotzügen und lasse sie am heißen Kaffee nippen.

»Also, was meinst du, wir holen uns jetzt den Schlüssel. Danach das Geld aus dem Tresor.«

Warum eigentlich nicht? Die Sache lief von Anfang an aus dem Ruder, aber wenn sie mir helfen kann, an das Geld zu kommen ... Und danach sehen wir weiter. Ich warte noch einen Augenblick, lasse sie noch etwas zappeln, dann: »Wie willst du an die Schlüssel kommen?« Mal hören, was sie sich ausgedacht hat.

»Mein Chef hat den Schlüssel immer bei sich in der Innentasche seines Sakkos.«

»Und wie kommen wir an das Sakko?«

»Der ist scharf auf mich, das weiß ich. Ich ruf ihn an, dass er hierher kommen soll. Ich lenke ihn ab, du schlägst ihn nieder und klaust den Schlüssel. Wir machen das heute noch, dann haben wir die ganze Nacht Zeit, den Safe zu plündern und abzuhauen!«

Ich sitze da, höre mir ihren Plan an. Die Sache ist etwas vage, aber ich habe auch keine bessere Idee, also warum nicht? Ich habe nichts zu verlieren, ich reibe mir mit der Hand über das Kinn, denke nach. »Und das soll funktionieren?«

»Probieren wir es doch einfach aus, dann sehen wir, ob es funktioniert.«

Ich überlege kurz, schlage dann mit der flachen Hand auf den Tisch.

»Gut, probieren wir es aus, mein Schatz!«

Sie sieht mich mit einer Mischung aus Unglauben und Erstaunen an. Man kann ihr richtig ansehen, wie sie fieberhaft nachdenkt. Tja, meine Liebe, damit hast du wohl nicht gerechnet, dass ich mich so leicht zu deinem Plan überreden lasse.

Mein Schatz ...?

»Hast du dreißig Pfennige? Wir fahren zur nächsten Telefonzelle.«

Ich bin nicht dein Schatz. Du Knilch hast meinen Bruder auf dem Gewissen. Du wirst mir helfen, an das Geld zu kommen und mir meinen Chef vom Hals schaffen. Zahltag!

»Fahren wir!«

Er geht voraus, ich folge ihm. Freiwillig! Meine Hände halte ich gestreckt vor mir, um mich nicht in den Dornen zu verhaken.

In der Telefonzelle ist es eng, er gibt mir einen Kuss auf die Schulter. Zumindest glaube ich, dass er mich auf die Schulter geküsst hat. Seine Lippen haben sie jedenfalls berührt. Lass das!

»Wähl 68 75 99, und dann kannst du mir den Hörer

ans Ohr halten!« Hans macht alles, wie ich es ihm sage.

»Hallo Rüdiger, ich bin's, Moni.«

Und dann fange ich an zu reden. Ich hätte in den letzten Tagen über uns nachgedacht. Mir alles noch einmal durch den Kopf gehen lassen. Ich rasple Süßholz, spreche davon, dass es falsch war, ihn abzuweisen. Aber er müsse das verstehen, ich hätte mich einfach nicht getraut. Mit Engelszungen flöte ich weiter ins Telefon. Dass ich möchte, dass unsere Beziehung etwas ganz Besonderes sei. Etwas, das nur uns gehöre. Ich rede und rede, fasle von Rücksichtnahme, weil er doch Frau und Kinder hat, und dass ich jedes Geschwätz unter den Kollegen vermeiden möchte. Aber in den letzten Tagen, da hätte ich nur an ihn gedacht. Deshalb habe ich jetzt meinen ganzen Mut zusammengenommen und ihn angerufen. Ich rede ohne Punkt und Komma. Meine Stimme ist mir völlig fremd, ich gurre und turtle. Höre mich sagen, ob er nicht zu mir kommen könnte. »Jetzt gleich, ehe mich der Mut verlässt.« Ich hätte ein abgelegenes Häuschen gefunden. »Ganz für uns alleine.« Es wäre ideal für uns, denn da käme bestimmt keiner hin. Wir wären ganz für uns, nur er und ich. Ich flirte und kokettiere und am Ende vergesse ich dann fast, ihm noch zu sagen, wohin er eigentlich fahren soll. »Die Adresse ... Warte, hast du was zum Schreiben?« Ich beschreibe ihm den Weg, erkläre ganz geduldig, wo er abbiegen soll und dass er der kleinen Forststraße folgen muss, bis es nicht mehr weitergeht. Ich sage ihm, er könne den Wagen neben einem Fiesta stehen lassen und beschreibe ihm den Weg vorbei am Teich, hinüber zur Mühle. Dort würde ich auf ihn warten. »Ach ja, erschrick bitte nicht.« Ich hätte meine Hände eingebunden, weil ich doch vom Fahrrad gestürzt sei, aber diese Geschichte könne ich ihm auch später erzählen, wenn er bei mir wäre.

Hans legt auf mein Zeichen den Hörer auf.

So, und jetzt Teil zwei des Plans.

Hans hat an meinem Haar gerochen, als ich aus der Telefonzelle raus bin. Obwohl ich schon stinken muss, scheint er meinen Geruch zu genießen.

Halt ihn dir warm, noch brauchst du ihn. Das Spiel beginnt und es fängt fast an, mir zu gefallen.

Ich drücke die Tür der Telefonzelle auf, presse meinen Arm gegen die Zellentür, lasse ihr den Vortritt. Mit ihren eingebundenen Händen kann sie die Tür nicht selbst öffnen. Beim Rausgehen drückt sie sich ganz nah an mich heran. Streift mit ihrem Haar mein Gesicht. Mädchen, Mädchen, die Nummer mit deinem Chef hätte ich dir gar nicht zugetraut. Hut ab, stille Wasser gründen tief. Ich stand neben ihr und sie hat geredet und geredet wie ein Wasserfall. Sie hat den Typen am Telefon nach Strich und Faden eingeseift. Ihn richtig heiß gemacht. Ich konnte ihr ansehen, die Sache gefiel ihr immer mehr. Hat sich richtig warm geredet, die Kleine.

Wieder in der Mühle, hält sie es vor Schmerzen kaum aus. Ich habe schon im Auto gemerkt, wie die schmerzstillende Wirkung langsam nachließ. Ich konnte es in ihrem Gesicht sehen. Sie wurde immer fahler, die Gesichtszüge immer verkrampfter.

»Ich habe wieder Schmerzen, du musst sie wegspritzen!«

»Lieber nicht, du bist dann nicht klar im Kopf und vermasselst die Tour!«

»Bitte! Ich habe furchtbare Schmerzen. Ich halte das nicht aus! Bitte mach was, hilf mir!«

Widerwillig ziehe ich die Spritze auf, denn mit den Schmerzen nützt sie mir auch nichts. So wie sie jetzt aussieht, fährt der Kerl nicht auf sie ab. Die Schmerzen können wir mit der richtigen Dosis in den Griff bekommen. Sie muss ihn ja nicht verführen, nur herlocken, ihn ablenken, das reicht. Für den Rest bin ich da, der Typ fällt doch nie auf sie herein, so übel zugerichtet wie die aussieht. Ich muss mir was einfallen lassen, sonst können wir die Sache gleich abblasen. Langsam drücke ich den Kolben der Spritze nach unten, hoffentlich bekommt sie nicht zu viel ab.

Die Welle läuft wieder durch meinen Körper, ein Kribbeln im Bauch, so ist es schön. Der Schmerz lässt nach, Zentimeter um Zentimeter, vom Handgelenk weg zu den Fingern. Zuletzt hält er sich etwas an den Fingerspitzen, um dann ganz zu verschwinden.

Jetzt bin ich bereit, jetzt kann er kommen, mein kleiner Chef! Ich lege mich auf das Bett und warte. Lange muss ich nicht auf ihn warten. Schritte im Untergeschoss. Das kann nur Rüdiger-Schätzchen sein, er hat es wirklich sehr eilig herzukommen.

Hans hat sich draußen versteckt und wartet auf mein Zeichen. Rüdiger betritt den Raum hinter der Metalltür, es ist so ruhig, ich höre jeden seiner Schritte. Jetzt ist er unten an der Stiege. Ein Knarren der ersten Treppenstufe. Mir wird etwas mulmig. Reiß dich zusammen, es gibt nur noch ein Vorwärts, kein Zurück. Bei jedem seiner Schritte ächzt und stöhnt die Holztreppe. Dann eine Pause, wahrscheinlich ist er erschrocken über das Geräusch. Sieht sich um, wird vielleicht etwas unsicher.

»Rüdiger, ich bin hier oben. Ich warte auf dich.«

Das wirkt, er kommt hochgestapft. Zuerst erscheint sein Kopf. Fettige, zurückgekämmte Haare. Ich fühle mich total leicht, könnte die ganze Zeit grinsen und kichern. Hoffentlich vermassle ich es nicht.

Mühsam zwängt er sich durch die Falltür. Hoppla, auf der letzten Stufe scheint er zu straucheln, stolpert, fängt sich gerade noch. Ich halte mir die verbundene Hand vor den Mund. Bloß nicht laut losprusten!

Rüdiger dreht sich zu mir um. Auf seinem massigen Körper sitzt kein Menschenkopf. Er sieht aus wie ein fettes Schwein. Eine Wühlnase mitten im Gesicht! Neugierig und verwundert starre ich ihn an. Das darf doch wohl nicht wahr sein! Er geht auf mich zu, und während er näher kommt, verändert sich sein Kopf ständig. Er sieht mich aus zwei kleinen kugelrunden Schweinsäuglein an. Sein Unterkiefer schiebt sich nach vorne, er scheint zu grinsen und zwei mächtige Hauer werden sichtbar. Die kleinen Äuglein wandern unruhig hin und her, suchen das Zimmer ab. Suchen nach einem Rivalen.

»Da ist keiner, nur du und ich.«

Er schnüffelt in meine Richtung, seine Nackenhaare stellen sich auf. Mit wippenden Kopfbewegungen kommt er auf mich zu. Kommt immer näher. Schweine sehen schlecht, mit der Nase erschnüffeln und ertasten sie ihre Umgebung. Seine Nase ist direkt vor meinem Gesicht. Sie ist fast schwarz, glänzt feucht, ist ständig in Bewegung. Das Schwein atmet kräftig ein und gleich mit einem lauten Prusten wieder aus, widerwärtiger Aasgeruch umfängt mich.

Ich glaube, es ist sehr aufgeregt. Um das Tier zu beruhigen, fahre ich mit meiner dick gepolsterten Hand sanft über seine borstigen Nackenhaare. Die Haare im Nacken sehen aus wie dünner schwarzer Draht. Ich kann die Borsten durch den dicken Verband nicht fühlen, ich sehe nur, dass die aufgestellten Haare unter dem Druck meiner Hand kaum nachgeben.

Seine kleinen Äuglein funkeln mich an. Es schnaubt. Die dolchartig gebogenen Hauer sind viel zu groß für das Maul. Sie schieben die Oberlippe nach oben. Es sieht aus, als würde das Schwein die Zähne fletschen.

Ich habe Angst vor dem Tier. Das Schwein schnaubt mehrfach hintereinander aus. Es greift mich an. Ich wehre es, so gut es geht, ab. Es starrt mich wütend an. Ich kann mich vor lauter Angst nicht bewegen. Verdammt, wo zum Teufel bleibt Hans? Das Tier hält inne, belauert mich. Dann wirft es sich mit seinem massigen Körper gegen den Tisch, der fliegt zur Seite und landet krachend am Schrank.

Es baut sich vor mir auf, wird größer, überragt mich um mehr als einen Kopf. Ich stehe immer noch da, kann nur auf seine großen Hauer starren. Er hat Schaum vor dem Maul. Ein schleimiger Speichelfaden hängt herunter, wird langsam länger, löst sich und schnalzt zu Boden. Die Zeit scheint stillzustehen.

Ich gehe vorsichtig einen kleinen Schritt zurück. Das Schwein legt den Kopf leicht zur Seite. Ich muss weg, schnell weg von dieser Bestie. Noch ein Schritt zurück. Das Bett steht direkt hinter mir, ich stoße dagegen, kann mich nicht mehr halten, stürze der Länge nach auf die Matratze.

Das Schwein stürzt sich auf mich. Ich schließe die Augen, spüre das Gewicht auf mir, den heißen Atem in meinem Nacken. Der feuchte Sabber tropft auf meine Wange, läuft auf meine Lippen.

Ich kann mich kaum mehr bewegen, eine Zentnerlast liegt auf mir. Ich drehe meinen Kopf zur Seite, mache die Augen auf. Hans' Kopf erscheint in der Öffnung der Falltür. Ich schnappe nach Luft, der Körper liegt so schwer auf mir. Ich brülle, so laut es geht: »Tu was, das Schwein vergewaltigt mich!«

Der Kopf verschwindet wieder.

»Nein, nein, das kannst du nicht machen. Hilf mir, stich das Schwein ab!«

Das Schwein versucht, meine Schenkel auseinanderzudrücken. Ich presse mit aller Kraft dagegen, spanne meine Pobacken an. Ich will das nicht. Er darf das nicht tun, er ist ein Tier, er darf das nicht.

Sabber rinnt meinen Hals entlang, auf meine Brust. Ich spüre die feuchte Schnauze überall in meinem Gesicht, in meinen Haaren.

»Hans, stich das Schwein ab, stich es ab!«

Ich sehe Hans, wie er aus der Falltür hervorschießt, ein langes silbrig glänzendes Messer in der Hand.

Das Schwein heult auf. Der Druck zwischen meinen Schenkeln lässt nach. Warum hilft Hans mir nicht, das Schwein wegzustoßen? Ich drehe mich, versuche mich hervorzuwinden.

Das Schwein fällt, dreht sich im Fallen um seine eigene Achse und platscht auf den Holzboden. Überall ist Blut. Es spritzt und pumpt aus dem geöffneten Leib. Gedärm quillt aus dem Bauch, fällt glucksend zu Boden, breitet sich dort aus. Mir wird schlecht. Alles weiß und verschwommen, alles schwebt.

Ich öffne die Augen und sehe wieder auf diese Holzdecke. Ich habe mich schon dran gewöhnt. Auch an die Übelkeit. Die muss mit der Spritze zusammenhängen.

Ich habe Angst, mich im Bett aufzurichten. Neben dem Bett müsste das tote Schwein liegen. Halb Mensch, halb Tier. Ich schaue mich um, alles ist wie immer. Ein Traum? Am Boden dunkel glänzende Stellen, hier wurde nass gewischt. Ist es also doch wahr, hat es hier gelegen und Hans hat es fortgeschafft?

Schwachsinn, es gibt keine Wesen halb Mensch, halb Tier.

Ich stehe auf, steige die Holztreppe hinunter. Ganz ohne Hilfe ist das schwierig. Ich kann mich mit meinen dicken Fäustlingen nirgends festhalten.

Hans steigt gerade die Stufen vom Keller herauf.

»Was war los, Hans?«

Verdammte Scheiße, ich hab's gewusst, die ganze Sache ist schiefgelaufen. Hätte ich mir denken können, so zu, wie die war, die wusste doch gar nicht mehr, was sie tat. Hab den Kerl die Treppe heruntergeschmissen. Er hat geblutet wie ein Schwein. Alles war voll. Was hätte ich auch anderes machen können? Sie war dabei, die Sache total zu vergeigen. Die war zu keiner vernünftigen Handlung mehr fähig. Ich hatte mich unten versteckt. Der Kerl war noch nicht die Treppen hoch, da konnte ich von oben schon ihr hysterisch schrilles Gelache hören. Ich bin hinter ihm die Treppe hochgeschlichen. Der arme Kerl stand ratlos vor ihr, wollte sie irgendwie beruhigen. Sie ist dann völlig ausgerastet, wie er sie festhalten wollte. Sie hat geschrien wie blöd. Nur noch gebrüllt. Und dann ging alles ganz schnell. Der Kerl hat sich umgedreht. Wie er mich gesehen hat, hat er kapiert, was hier läuft. Hat sofort verstanden, dass er in eine Falle getappt ist. Der hat nicht lange gewartet, ist gleich auf mich los. Hat mich gepackt. Er war mindestens einen Kopf größer als ich, ein richtiger Koloss. Was hätte ich machen sollen, ich hatte keine andere Wahl, habe ihm einfach das Messer reingerammt, ohne lange zu überlegen.

Es war wie damals mit Vater.

Wie Vater mich angeschrien hat, sich im Suff auf mich geworfen hat. Umbringen wollte der Alte mich. Der war so voll, wusste nicht mal mehr, dass ich sein eigener Sohn war. Dass er seinem eigen Fleisch und Blut an die Gurgel ging.

Da habe ich zugestoßen, zweimal, dreimal. Ich weiß es nicht mehr. Mein Alter hat das Ganze überlebt. Mit einer Notoperation haben sie ihn in sein beschissenes Leben zurückgeholt. Und mich haben sie eingesperrt. Was aus dem Alten geworden ist, weiß ich nicht, ist mir auch egal. Scheißegal. Totgesoffen wird er sich haben. Was sonst.

Aber dem Fettsack jetzt, dem hilft auch keine Notoperation. Dem kann keiner mehr helfen. Ich habe ihn in den Bunker runtergezerrt. Die Schlüssel und die Wertsachen aufs Bett geschmissen. Den Kerl selbst in einen Plastiksack gesteckt und anschließend alles sauber gemacht.

Die da oben hat nichts mitgekriegt. Die war doch total weg.

Ich steige die Treppe vom Bunker hoch, da kommt sie die Stufen herunter. Sieht völlig fertig aus, kreidebleich. Irgendwie schafft sie es, sich mit den eingebundenen Händen an der Treppe abzustützen. Schwankt bei jedem Schritt bedenklich. Starrt mich an, als ob ich der Tod selber wäre.

»Was war los, Hans?«

»Erzähl ich dir später!«

Ich hab jetzt keine Lust, Erklärungen abzugeben, und auch keine Zeit. Kapiert die denn nicht, dass wir weg müssen? Wir sitzen so was von in der Scheiße.

»Was war los, Hans?«

Was will sie immer mit diesem Hans?

»Ich heiße Dimitri, nicht Hans!«

»Warum nicht Hans? Du bist doch Hans.«

Warum sollte ich Hans sein? Sie sieht mich ungläubig an.

»Aber du hast doch ...«

Was soll das? Was hab ich?

»Du bist doch ... Wo bist du aufgewachsen?«

Geht es denn nicht in das Gehirn dieser blöden Kuh, dass jetzt keine Zeit für solche Spielchen ist? Bleib ruhig. Anschreien nützt bei der gar nichts.

»Also gut, geboren bin ich in Naila, aufgewachsen überall und nirgends. Halbwaise, Heimkind, Vater Zuchthäusler und Säufer. Zufrieden?«

Auf einmal ist sie ganz still, noch bleicher. Hält den Kopf gesenkt, sieht auf ihre verbundenen Hände.

Ich schaue auf meine verbundenen Hände. Alles schwirrt in meinem Kopf. Ich kann kaum einen klaren Gedanken fassen. Mein Herz rast. Bleib ruhig, versuch jetzt, ganz ruhig zu bleiben.

»Warum warst du in meiner Wohnung?«

»Ich hab dich beobachtet.«

Verzieht er bei dem Satz das Gesicht zu einem leichten Lächeln?

»Warum hast du das Bild von mir und meinem Bruder mitgehen lassen?«

Er sieht mich an, das Lächeln ist verschwunden. Die Stimme ungeduldig, sichtlich genervt.

»Der Kleine ist dein Bruder? Hab ich mir fast gedacht. Das Bild hat mich an etwas erinnert, deswegen!«

Ich schließe die Augen. Alles schwarz, was nun? Denk nach! Er ist nicht Hans. Das wirft alles um. Der hat Joachim gar nicht gekannt, hatte nichts mit ihm zu tun. Ein Wildfremder. Ein Kidnapper. Ein Krimineller. Ein Mörder.

Ich weiß, was ich zu tun habe.

Ich friere, ich muss hier raus! Raus! Raus!

Verdammt, verdammt, jammere hier nicht so herum! Erinnere dich! Erinnere dich! Ich schlage mir selbst mit der Hand ins Gesicht, schlage gegen meinen Kopf. Erinnere dich, als Vater seinen Luftschutzbunker baute. »Luftschutzbunker« – lächerlich! Immer faselte er von dem Bunker. Als Kind hat er mir erzählt, er sei im Krieg verschüttet worden. Mit einer blechernen Tasse und bloßen Händen hätten sie sich aus den Trümmern herausgraben müssen. Ein Mann, der mit ihm und meiner Großmutter verschüttet worden sei, hätte ihnen geholfen.

Mit jedem Erzählen veränderte er die Geschichte, aus dem alten Luftschutzwart wurde ein Soldat, aus dem Soldaten ein Einzelkämpfer, ein Held. Auch sein Anteil an der Geschichte wurde immer größer, immer heroischer. Er erzählte von dem gleißenden Licht, das ihnen entgegenstrahlte, als sie sich endlich freigegraben, mit den Händen freigegraben hatten. In meiner Fantasie konnte ich sie sehen, die blutigen Schwielen an den Händen, den Schmutz unter den Fingernägeln, den Schweiß.

Erst viel später wurde mir klar, dass die Geschichte von vorne bis hinten erlogen war, wie die meisten seiner Geschichten. Er war im Mai 1945 noch keine drei Jahre alt, er konnte diese Geschichte nicht erlebt haben.

Von dem Bunker sprach er trotzdem die ganze Zeit. Ein Schutzraum, Küche und Schlafzimmer. Mit den ausrangierten Möbeln aus unserer Wohnung.

Bei der Wasserversorgung ließ er sich etwas einfallen. Wasser aus dem Brunnen hochpumpen war nicht das Problem, aber wohin mit dem Abwasser? Das Rohr mündete direkt unten in den Bach. Ich musste ihm beim Aushub helfen. Diese »geniale Idee« führte zum Einbruch des Bachbettes und zur kompletten Überschwemmung des Schutzraumes, des Bunkers – er bestand auf dieser Bezeichnung. Wir brauchten Wochen, bis alles abgedichtet war. Das Bachbett erhielt eine dicke Betonwanne, die zu einem Großteil abgetragene Betonwand des Vorratsraums wurde mit Ziegeln geschlossen, der Raum dazwischen mit den zuvor im Keller gelagerten, alten, zum Großteil kaputten Dachschindeln verfüllt. Auf einen richtigen Abfluss, auch vom Klo, hat er dann verzichtet, ein größerer Hohlraum mit Kies unter der Küche sollte ausreichen. Im Ändern seiner Pläne war er immer groß. An einen echten Luftangriff glaubte er vermutlich nicht, die Sache mit dem Bunker war nur ein Vorwand. Er wollte ein Versteck zum Untertauchen, falls eines seiner vielen Geschäfte aufflog. Er hatte immer was nebenher laufen. Mal hatte er Geld im Überfluss, mal war er pleite. Immer auf der Suche nach dem großen Coup, dem dicken Fisch, dem Geschäft seines Lebens ... Er handelte mit allem. Zigaretten am Zoll vorbei. War als falscher Gasableser, Zeitungswerber oder Versicherungsmakler unterwegs. Ein Loser, immer mit einem Bein im Knast. Luftschutzbunker, lächerlich!

Das gleiche Fiasko mit der Luftversorgung. An der tüftelte er lange, keine Idee war Erfolg versprechend. Eine richtige Belüftung hätte viel Geld gekostet und das wollte er dafür nicht ausgeben. Schließlich entschied er sich dafür, die Kellertür immer einen Spalt offen stehen zu lassen. Die einfachsten Einfälle sind immer noch die besten, wird schon keiner auf die Idee kommen, in einer alten Mühle einen dunklen, glitschigen Kellergang hinabzusteigen. Tja, so war er, machte nichts richtig, immer nur halbe und halbseidene Sachen.

Und ich Idiot sitze jetzt in der Scheiße. Dabei wollte ich nur schnell den Tresorschlüssel holen, danach das Geld und weg. Und jetzt?

Die Tür ist zu, von innen ist sie nur mit dem Schlüssel

zu öffnen, der steckt jedoch noch außen, verdammt. Mit jedem Atemzug wird die Luft knapper, wer weiß, wie lange sie noch ausreicht. Na ja, eventuell hilft auch der dünne Spalt unter der Kellertür.

Langsam richte ich mich auf, taste mich an der Eisentür hoch. Die Oberfläche fühlt sich kalt und rau an. Mit den Fingern gleite ich über abgesplitterten Lack, über Rostbeulen, bis ich aufrecht stehe. Mein ganzer Körper ist steif, schmerzt. Immer mit den Fingerspitzen an der Metalltür, drehe ich mich zum Raum. Ich spüre die Tür in meinem Rücken, in dieser totalen Finsternis habe ich vollkommen die Orientierung verloren. Die Tür in meinem Rücken ist mein Rettungsanker. Ich überwinde mich, trete ins Dunkle, mache kleine, trippelnde Schritte in die Richtung, in der ich die Tür zur Küche vermute. Würde ich nicht den Boden unter meinen Füßen spüren, ich wüsste nicht, wo oben und unten ist. Ich reiße meine Augen auf, obwohl sie mir nicht das Geringste nützen. Ein Schritt vor den anderen. Immer Ferse an Schuhspitze. Einer nach dem anderen, keine Panik, bleib ruhig, keine Panik. Wo ist diese verdammte Wand, der Raum kann doch nicht so groß sein. Scheiße, Scheiße! Ich strecke die Arme ganz weit nach vorne, mit den Fingerspitzen erfühle ich den Türrahmen, fahre daran entlang, langsam, bedächtig. Immer mit der Ruhe, keine Panik. Das hier ist der Türrahmen, hier hindurch, ich bin in der Küche.

Gleich links von mir ist die kleine Küchenzeile, ich taste mich entlang. Die Armatur. Neben der schlechten Luftzufuhr könnte das Wasser ein Problem sein. Hat seit Jahren keiner gebraucht, Vater am wenigsten. Der Bunker hat ihm nicht viel genützt, kein Luftangriff, und stattdessen? Eine jahrelange Inhaftierung wegen Diebstahls und Gewaltdelikten, wie es in der Amtssprache so schön heißt. Gewalttätig war er. Vor allem zu Mutter, weswegen er allerdings nicht einsaß. An meinem sechsten Geburtstag schlug er Mutter halb tot. Immer wieder in ihr Gesicht. Anfangs hielt sie ihre Hände davor, gab dann auf, was Vater nicht davon abhielt, weiter auf sie einzudreschen. Immer wieder mit der geballten Faust ins Gesicht. Bis die Brauen bluteten, die Augen zuschwollen, die Lippen fingerdick waren. An einen Grund kann ich mich nicht erinnern. Wahrscheinlich gab es keinen.

Er verschwand für einige Tage, wir waren froh. Ich betupfte auf Mutters Anweisung ihr Gesicht mit kaltem Wasser. Das Gesicht verformte sich jedoch immer weiter zu einer clownartigen Fratze, ich muss lachen, wenn ich daran denke. Ich hocke in der Scheiße und lach mich tot über etwas, dass eigentlich zum Weinen ist. Ich bin der gleiche Idiot und Verlierer, wie Vater einer war.

Ich öffne den Wasserhahn. Ein Wasser-Luft-Gemisch platzt heraus. Mehr Luft als Wasser, kurz darauf nur noch ein Rinnsal, Tropfen, aus. Gut, werde ich also verdursten. Die Luft scheint zu reichen. Essen müsste im Schrank sein, vor Jahren habe ich mal eine der goldglänzenden Dosen geöffnet. Pumpernickel. Trocken, aber essbar. Ich taste nach der Küchenschranktür. Öffnen, schlag dir den Kopf nicht an der Tür. Greife vorsichtig hinein. In dieser Dunkelheit wird jeder Handgriff langsamer, zögerlicher. Ich strecke mich, tatsächlich, hier hinten sind noch einige Dosen. Auch kleinere, da müsste Fleisch drin sein. Ich rüttle am Wasserhahn, er tropft wieder. Ich schlage dagegen. Das Tropfen wird stärker. Eine Tasse darunter. Ich brauche eine Tasse oder ein Glas. Hier. Mit beiden Händen befühle ich die Tasse, dann den Wasserhahn. Alles dauert, hoffentlich hört das Tropfen nicht auf. So, geschafft! Ich warte, zähle die Tropfen. Kann mich nicht konzentrieren, fange immer wieder von vorne an. Das Geräusch der in die Tasse fallenden Wassertropfen ändert sich, je mehr Wasser in der Tasse ist. Ich prüfe mit dem Zeigefinger, wie weit die Tasse bereits gefüllt ist. Sie ist halb voll. Ich umfasse sie mit beiden Händen, führe sie zum Mund, nippe – schal, aber ich trinke es. Wieder ein kleiner Sieg, ich werde nicht verdursten! Hey, Vater, falls du mich hören kannst, ich bin nicht so ein Verlierer wie du! Schau ruhig her, wo immer du jetzt auch sein magst! Arschloch!

Ich lehne am Spülbecken und schaue ins Dunkle. Selber Arschloch! Selber Idiot! Hätte ich den Schlüssel abgezogen, dann wäre ich jetzt nicht hier. Ich würde hier nicht festsitzen. Es muss etwas geschehen. Langsam taste ich mich wieder zur Eisentür. Ich stemme mich dagegen, stoße, rüttle. Diese verdammte Tür ist doch schon völlig mürbe durch den Rost, aber kein Durchkommen. Keine Chance! Ich trete dagegen, bis meine Zehen schmerzen, immer wieder, immer wieder. Gebe nicht auf!

Wieder zurück zur Spüle, jetzt geht's schon flotter, ich habe mich schon etwas an die Dunkelheit gewöhnt, werde sicherer. Nur noch ein kleiner Rempler am Türrahmen zur Küche. Mit beiden Händen wieder vorsichtig nach der Tasse greifen. Nichts verschütten. So, jetzt quer durch den Raum zur Toilette. Das schaffst du auch noch. Toilette ist gut – Plumpsklo! Hoffentlich pisse ich mich nicht an. Würde mir gerade noch fehlen. Der Urinstrahl trifft plätschernd auf die Kiesel.

Zur Tasse zurück, trinken, zur Tür, in den letzten Raum zum Bett, hinlegen. Klappt alles schon ganz gut. Wie komme ich hier raus? Ich kann an nichts anderes mehr denken. Immer dasselbe, wie komme ich hier raus? Hilfe von außen, rufen oder schreien, lächerlich! Ich probiere es trotzdem. Ich schreie und schreie, so laut, dass die Ohren schmerzen, ein Nachklang im Ohr, dann, stiller als still, Totenstille. Ich bin lebendig begraben, mein Leben ist keinen Pfifferling mehr wert. Verdammte Scheiße, ich komme hier nie mehr raus!

Die Tür! Ich muss das Schloss der Eisentür aufbrechen. Ich stehe auf, gehe in die Küche, taste nach der Schublade, ziehe an ihr, reiße sie runter. Sie fällt zu Boden, das Besteck fliegt scheppernd heraus. Ich gehe in die Knie, befühle die am Boden liegenden Gegenstände. Versuche einen Draht oder zumindest einen drahtähnlichen Gegenstand herauszufischen. Da, spitz, länglich, biegsam. Ich laufe zur Tür, remple auf meinem Weg gegen Hindernisse. Mit einer Hand betaste ich die Metalltür, suche nach dem Schlüsselloch. Endlich! Ich fingere den Gegenstand in die Öffnung. Geht nicht, der Schlüssel steckt von außen. Ich muss ihn herausstoßen und dann die Tür wie mit einem Dietrich öffnen. Aber der Schlüssel bewegt sich nicht. Verdammte Scheiße!

Ich schlage mit den Fäusten gegen die Wand. Ich kann nicht mehr. Drehe mich um, lasse mich mit dem Rücken an der Wand zu Boden rutschen. Ich fange an zu heulen. Wie ein kleines Kind sitze ich da, die Knie angewinkelt, die Hände vor dem Gesicht und heule.

Die Wand. Die verdammte Wand. Ich muss durch die Wand.

Durch die Wand, aber wie?

Ich sehe mich zur Küche gehen, bedächtigen Schrittes. Wie in einem dieser Actionfilme, die ich mir schon Dutzende Male angesehen habe. Nur diesmal bin ich der Held in Springerstiefeln und Army-Jacke. Ich ziehe meine Jacke aus. Fahre mit beiden Händen über das kurz geschorene Haar. Ich greife nach meiner Halskette aus schwerem Gold. Ich führe das Kreuz zum Mund und küsse es. Danach stelle ich ein Bein angewinkelt an die Wand. Atme dreimal kräftig und langsam durch. Meine Augen fixieren das kleine Stück Wand neben der Küchenzeile. Ich stoße mich mit einem Kampfschrei von der Wand ab, drehe der Wand meine Schulter zu. Mit ohrenbetäubendem Lärm bricht die Wand ein. Gleißendes Licht dringt durch die Öffnung.

So müsste es gehen. Reiß dich zusammen, du bist der Held, du kannst es schaffen! Mit dem Handrücken wische ich mir Tränen und Rotz aus dem Gesicht, stehe auf. Verzweifelt schlage ich mit den Fäusten auf die Wand ein, bis meine Knöchel schmerzen. Schlage weiter, immer weiter, schlage mit den Füßen, mit der flachen Hand ... ein dumpfes Patschen. Verdammt! In meiner Wut und Enttäuschung stütze ich mich mit beiden Händen flach an der Wand ab. Stoße mit dem Kopf dagegen. Bis meine Nase mit einem lauten Knacksen gegen die Mauer stößt. Der Schmerz bohrt sich nach innen. Ich bin ganz benommen, verliere das Gleichgewicht und lasse mich wieder auf den Fußboden fallen. Meine Nase schwillt zu, warmes Blut tropft auf meine Hand. Die Wand steht fest und unverrückt, ich bin im Verlies gefangen.

In meiner Wut schlage ich weiter auf die Wand ein. Ein helles, klatschendes Geräusch. Die Wand klingt an dieser Stelle anders. Noch mal die Gegenprobe! Wirklich, es klingt anders!

Vorsichtig klopfe ich mit der rechten Hand die ganze Wand ab, von unten nach oben und umgekehrt. Das Geräusch ändert sich, wird heller in der unteren Hälfte der Mauer, oben ist der Klang dumpfer, dunkler. Was klingt dumpfer, dunkler? Ziegel! Die obere Hälfte der Wand besteht aus Ziegeln. Die Rettung, das ist die Rettung! Beton, da ist kein Durchkommen, aber Ziegel, das packe ich! Schnell! Bloß keine Zeit verlieren! Ich gehe in die Hocke, taste den Boden nach brauchbarem Werkzeug ab, möglichst scharf und spitz soll es sein. Messer, Schere, Gabel.

Ich stehe auf, hacke so fest ich kann auf die Wand ein. Schließe meine Hand zur Faust und halte mein Werkzeug so fest. Die Schere bietet den besten Halt. Ich hacke und hacke, bis ich höre, wie der Putz zunächst in Bröseln, dann in größeren Stücken abbröckelt. Immer wieder befühle ich das freigelegte Stück. Ich fange an zu schwitzen, das Wasser rinnt mir in Strömen über den Körper. Ich gebe nicht auf, schabe, kratze, mit der Schere, dem Besteck, bis Fugen zu ertasten sind. Es sind Ziegel, ich habe gewonnen!

Ich hacke, schabe, stoße, bis mein ganzer Arm vor Schmerz pocht. Die Finger sind wund, tun höllisch weh. Aber einer der Ziegel bewegt sich bereits, wackelt ganz leicht. Ich brauche einen Hebel! Verdammt, ich brauche einen Hebel! Das lange Wetzeisen! Ich könnte es als Hebel einsetzen! Tastend suche ich den Boden danach ab. Da ist es! Mit all meiner Kraft setze ich das Eisen an, der Ziegel lockert sich immer mehr, auch die umgebenden Steine werden locker. Immer wieder befühle ich die bearbeitete Stelle. Eine der Fugen ist feucht, vermutlich durch meinen Schweiß, ich habe mich, um einen besseren Halt zu bekommen, an die Wand gelehnt. Ich schwitze, schwitze wie ein Schwein.

Arbeite weiter, du musst weiterarbeiten! Warum ist der Boden plötzlich nass? Ich taste die Wand ab. Sie ist auch nass. Der Stein in der Mitte wackelt, er lässt sich mit rüttelnden Bewegungen so weit lockern, bis ich ihn ein Stückchen herausziehen kann. Ich kann hören, wie die Steine aneinanderreiben. Sie rutschen nach, verhaken sich. Ich versuche den Stein zu lösen. Meine Finger finden keinen Halt, rutschen immer wieder ab. Ich habe fast keine Kraft mehr! Mit der letzten Kraft, die ich noch habe, ziehe ich am Stein, der löst sich mit einem Ruck. Ich stolpere mit dem Stein in meinen Händen rückwärts in den

Raum, falle und rolle auf den Rücken. Scheiße! Ich liege in der Pfütze. Alles ist nass, der ganze Boden. Mit den Fingern fahre ich in der Nässe hin und her. Kaltes Wasser, Hose und Hemd sind durchweicht, alles klebt an meiner Haut, unangenehme feuchte Kälte im Rücken.

Es plätschert! Ich springe auf, zwei Schritte zur Wand! Mit den Händen berühre ich die Wand, spüre das eindringende Wasser! Es fließt, es strömt herein!

Scheiße, Scheiße! Der Bach! Jetzt muss alles schnell gehen, sonst läuft der Bunker voll! Wie damals läuft der Scheißbunker voll, und ich ertrinke jämmerlich.

Ich rüttle an den Steinen, reiße einen Ziegel nach dem anderen aus der Wand. Wasser und Schlamm strömen mir entgegen. Immer mehr Wasser und Schlamm. Das Wasser steigt schnell, ich spüre, es steht bereits knöchelhoch. Mit meinen Händen fasse ich in das Loch, das durch die herausgerissenen Ziegel entstanden ist. Hinter der Mauer ist ein Hohlraum. Ich fasse hinein, taste nach oben, so weit ich komme, ist nichts.

Ich stemme mich hoch, zwänge mich durch das Loch in der Mauer, meine Arme tasten im Schlamm nach dem Grund. Nichts Festes, nur kalter Matsch. Ich ziehe mich mit ganzer Kraft nach oben, hebe das Bein über die Mauer, immer noch kein Grund. Scheiß drauf, ich muss es probieren! Mit der Schulter voran stürze ich mich ins schlammige Nichts. Mund fest verschließen, die Luft anhalten! Press die Augen zu! Mein Kopf wird von der glitschigen Masse eingesaugt. Ich sinke tiefer. Langsam. Ich rudere mit Armen und Beinen gegen den Schlamm an. Der Morast wird immer zäher, je tiefer ich komme. Langsam rolle ich, ohne es zu wollen, auf den Rücken. Meine Bewegungen werden träger. Ich bewege mich wie in Zeitlupe. Nein, nicht ich selbst bewege mich, der Schlamm wälzt mich, bewegt mich. Ich bin gefangen wie eine auf dem Rücken liegende Schildkröte, in wenigen Augenblicken bin ich bewusstlos, in einigen Minuten tot. Alles ganz einfach. Meine Gedanken sind seltsam klar. Langsam, aber klar.

Tot! Ich habe es verdient. Ich habe getötet. Ich sehe den misshandelten, bleichen Körper, voller Stichwunden, neben dem Bett liegen. Mein Blick entfernt sich, die Leiche wird kleiner, ich sehe den ganzen Raum, hell erleuchtet durch die brennenden Petroleumlampen. Auf einem Stuhl kauert eine Person, ich kann sie nicht richtig erkennen. Eine Frau. Das Gesicht unter ihren Händen verborgen, den Kopf auf die Knie gestützt. Ich entferne mich weiter, sehe das kaputte Mühlendach, den Wald, alles wird dunkel und still.

Ein Knall. Ich reiße meine Augen auf. Schwarzer Brei quillt unter die Lider. Ich presse sie wieder zusammen. Über mir Blubbern, Rumoren. Auf mich, durch die zähe, gallertartige Masse, in der ich gefangen bin, sinken feste Brocken. Gestein und Erde? Ich möchte meinen Mund öffnen, schreien, atmen! Mein Verlangen danach wird immer größer. Ich möchte atmen, Luft! Halt durch! Mach's nicht! Es ist wie im Schwimmbad, wer als erster auftaucht, hat verloren!

Wieder ein Krachen, dumpf und laut. Ich wirble herum, drehe mich, werde gedreht, der linke Arm verhakt sich irgendwo, reißt sich wieder los. Ich rolle, werde gestoßen, bleibe liegen.

Ich atme. Langsam und tief atme ich ein und aus.

Ich lebe! Ich bin noch am Leben. Ich öffne die Augen. Ich blinzle. In der gegenüberliegenden Wand ein großes Loch, grelles Licht. Mit zusammengekniffenen Augen sehe ich mich um. Geröll, Schlamm, Matsch. Meine linke Schulter tut mir weh. Sonst geht es mir gut, ich bewege Hände und Füße, alles da und beweglich.

Ich stehe auf, Schutt und Geröll überall. Durch die zusammengekniffenen Augen sieht es aus, als ob das Licht in Strahlen durch das Loch in der Wand hereinfällt. Ein angenehmes warmes Gefühl durchflutet mich, ich bin glücklich. Glücklich, noch am Leben zu sein.

Ich laufe auf das Loch zu, rutsche auf glitschigen Steinen aus, schlurfe durch schlammiges Wasser und steige über den Rest der Mauer hinaus ins Freie.

Über mir Wolkenschlieren in einem blaugrauen Himmel. Ein riesiger Krater neben der Mühle. Ich klettere die flach abfallende Seitenwand hoch. Gehe um die Scheune herum, die Eisentür zur Mühle ist geschlossen.

Ich gehe hinüber, stemme mich mit aller Kraft gegen die Tür. Öffne sie. Sie sitzt auf dem Boden in der hinteren Hälfte des Raumes. Der Raum ist dunkel, die Petroleumlampen müssen schon lange ausgegangen sein. Sie blickt hoch, sieht mich fassungslos an. Sitzt da, ohne sich zu bewegen, starrt mich nur an. Das Messer liegt auf einem der Bretter im Regal gleich neben der Tür: Ich greife blind danach, ohne hinzusehen. Sie steht langsam auf, lässt mich nicht aus den Augen. Ich gehe auf sie zu. Ganz nah vor ihr bleibe ich stehen. Sie sieht mich an. Ich kann ihren Atem in meinem Gesicht spüren. Sie hätte mich im Bunker verrecken lassen, wie eine dreckige, verlauste Ratte. Ich greife mit der Linken ihren Nacken, spüre ihr Haar in meiner Hand. Beuge mich ein klein wenig zu ihr hinab, während ich mit der Rechten zustoße. Sie sieht mir die ganze Zeit in die Augen.

Einsatzwagen der Feuerwehr und der Polizei, laufende Motoren, Lärm. Der Eingang zur Mühle mit starkem Scheinwerferlicht hell ausgeleuchtet.

Grelles künstliches Licht auch im Innenraum. Am Boden eine verletzte, stark blutende Frau. Der Notarzt neben der Patientin auf dem Boden kniend, versorgt hektisch die Wunden. Versucht durch Auflegen von Wundkompressen und Druckverbänden die Blutung zum Stehen zu bringen.

Die Sanitäter stehen mit der Trage bereit.

»Die ist jetzt stabil. Ihr könnt sie mitnehmen. Keine Sorge, sieht schlimmer aus, als es ist. Die packt das.« Der Notarzt steht auf, überlässt die Frau den Sanitätern, diese heben sie vorsichtig auf die Trage.

Der Zugang zum Keller wurde von der Polizei mit rot-weißem Absperrband gesichert. Ein uniformierter Beamter steht neben der Absperrung, wartet auf seine Kollegen vom Erkennungsdienst. Im hintersten Raum des Kellers befindet sich in einem Plastiksack der Körper einer toten Person.

Auf folgende Quellen habe ich zurückgegriffen:

– *Dr. Wolfgang Kolbinger, Ablaufbeschreibung Bauchstichverletzung.*

– *Josef Stepan, Tagesablauf JVA.*

Und mein besonderer Dank gilt meinem Mann, Dr. Ralph Schenkel, der mir stets mit Rat, Tat und viel Geduld zur Seite gestanden hat.

Kriminalromane Kaliber .64
Mörderisch gute Krimis von preisgekrönten Autoren!
Originalausgaben | je 64 Seiten | Broschur | Euro 4,90

FRIEDRICH ANI: Der verschwundene Gast
Tabor Süden, der große Schweiger unter den Kommissaren in der
deutschsprachigen Kriminalliteratur, löst einen kniffligen Fall ...

HORST ECKERT: Der Absprung
Tom Giering ist SEK-Beamter und ein Mann für die ganz harten Fälle,
doch dann beginnt seine Schusshand zu zittern: Parkinson ...

GUNTER GERLACH: Engel in Esslingen
Ebbe und Valerian sind zwei Knastbrüder in Freiheit, denen
in selbiger reichlich viel schiefgeht ...

FRANK GÖHRE: Der letzte Freier
Mord an der Prostituierten Tanja: Sie war bekannt dafür,
dass sie ihre Freier auch gern einmal linkte ...

ROBERT HÜLTNER: Ende der Ermittlungen
Der unkorrumpierbare Kommissar Grohm ermittelt in einem Mordfall in
der Zeit des sich zusammenrottenden Nationalsozialismus der 20er Jahre ...

EDITH KNEIFL: Der Tod ist eine Wienerin
Die Arbeit einer dubiosen Beratungsstelle für Frauen, die ihres Gatten
überdrüssig sind, zieht einige Todesfälle nach sich ...

SUSANNE MISCHKE: Sau tot
Nach der Hochzeit in einem niedersächsischen Dorf liegt am nächsten
Morgen einer tot – mit Mistforkeeinstichen in der Brust ...

WOLFGANG SCHORLAU: Ein perfekter Mord
Ein Krimi-Autor denkt sich einen Mord aus und findet wenig später
eine Leiche genau so, wie er es beschrieben hat ...

GABRIELE WOLFF: Im Dickicht
Eine kleinbürgerliche Idylle im brandenburgischen Land zersetzt sich
schleichend. Ein Psychothriller erster Güte ...